와르르

간절한
기대와 희망이
무너지는 소리

월간
정여울

천년의상상

차례

간절한
기대와
희망이
무너지는
소리

들어가는 말

그럼에도 불구하고
멈출 수 없는 희망에 관하여

미국의 한 여배우가 자신의 아이
가 죽었을 때의 이야기를 담담하게 하다가 갑자기 눈물을
터뜨리는 인터뷰를 본 적이 있다. 남들과 조금 다르게 태어
난 아이, 건강한 아이들 속에서 적응하지 못한 아픈 아이를
키우는 것이 그녀에게는 자기 안의 더 깊은 사랑을 일깨우
는 눈부신 축복이었다고 이야기했다. 그녀는 불의의 사고로
아이가 죽고 난 뒤, 한동안은 바다 깊숙한 곳에서 한 발짝도
움직이지 못하는 수중식물처럼 살았다고 고백한다. 그러나
주변 사람들이 슬퍼하는 그녀를 조금씩, 아주 조금씩 슬픔
의 바다로부터 건져 올려주었다. 그녀는 너무 깊어서 도저

히 헤어날 수 없을 것 같은 그 슬픔의 심해를 빠져나오는 것
이, 마치 수천 장의 물에 젖은 담요 밑에 깔려 있다가 한 장
한 장 벗겨내며, 천천히 그 고통의 담요 무덤으로부터 벗어
나는 과정 같았다고 이야기한다. 믿을 수 없이 무거운 수천
장의 담요가 온몸을 짓누르는 상황에서 서서히 놓여나는 느
낌, 바로 그것이 와르르 무너진 세상 위에서 한 발 한 발 다
시 삶의 걸음마를 시작하는 느낌이다.

　우리가 한 올 한 올 키워온 소중한 삶이 깨어지는 느낌, 바
로 그것이 수천 장의 담요가 온몸을 짓누르는 느낌일 것이
다. 그 고통으로부터 벗어나는 첫 번째 신호는 '나의 슬픔'에
서 아주 잠시나마 눈을 돌려 바깥세상에 관심을 가지기 시
작하는 것이다. 중환자실에서 힘겹게 사투를 벌이는 환자들
이 나아지고 있다는 첫 번째 신호가 바로 간호사들에게 바
깥 날씨를 묻는 것이라고 한다. "오늘 날씨는 어때요?" 산책
하기 좋은 날씨인지, 어느 정도 두께의 옷을 입어야 외출하
기 좋은지 관심을 기울이는 것. 사람들과 어우러질 바깥세
상에 시선을 두는 것이야말로 '나아지고 있다는 신호'라고
한다. 고통을 제거할 수는 없지만 고통과 더불어, 고통을 껴
안은 채로 '그래도 살아갈 수 있다'는 가장 희망적인 신호는

바로 '다시 누군가를 사랑하기 시작하는 것'이다. 사랑하는 존재를 영원히 잃어버렸을지라도, 마치 처음부터 걸음마를 떼듯 다시 누군가를 사랑하는 것이야말로, 와르르 허물어져 내린 희망의 폐허에서 삶의 주춧돌을 하나하나 새로이 놓는 눈물겨운 몸부림이다.

중학교 시절 「굿모닝 팝스」를 들으며 영어 공부를 하던 나는 존 덴버와 플라시도 도밍고가 부른 「퍼햅스 러브Perhaps Love」의 가사에 매혹되어 넋을 잃었다. 영어 공부 핑계를 대며 사실은 아름다운 노랫가락에 심취하던 시절, 그 곡은 멜로디와 가사가 완벽하게 어우러져 가슴에 한 폭의 수묵담채화처럼 아련한 잔상을 남겼다. "아마도 사랑은 안식처이겠죠, 폭풍우를 막아주는 피난처처럼Perhaps love is like a resting place, a shelter from the storm"이라는 촉촉한 문장으로 가슴을 두드리는 이 곡을 들을 때마다 나는 음악 자체가 '폭풍우 속 피난처a shelter from the storm'처럼 느껴졌다. 아름다운 음악은 힘들고 외로울 때마다 언젠가는 결국 괜찮아질 수 있다는 느낌, 먼 길을 돌아 마침내 집으로 돌아온 느낌을 선물한다. 이 책이 그렇게 삶의 폭풍우로부터 당신을 잠시나마 쉴 수 있게 해주는 내면의 안식처가 되기를 꿈꾼다.

'월간 정여울' 네 번째 이야기 『와르르』에는 희망이 부서지는 소리, 슬픔이 우리 마음을 온통 휘감는 소리를 담았다. 그러나 어둡지만은 않다. 모든 것이 내려앉는 순간, 오히려 우리 마음 깊은 곳에서는 상처를 이겨낼 수 있는 엄청난 면역력이 용솟음친다. 나는 절망의 한가운데를 홀로 걸어가면서 오히려 강인해진 내 모습, 상처를 통해 나보다 더 아픈 타인의 마음을 깊이 이해하게 된 내 모습을 발견한다. 그리하여 슬픔의 한가운데를 통과해 슬픔 이전의 삶보다 더 나아진 사람들의 이야기를 담았다.

와르르하고 모든 것이 무너지는 소리를 남들보다 훨씬 자주 듣는 사람이 바로 작가다. 작가들은 아주 작은 균열의 기미에도 민감하게 반응한다. 희망이 도전받는 소리, 행복이 공격당하는 소리, 힘겹게 유지해온 긍정과 낙관의 시선이 꺼지는 소리를 글쟁이들은 더욱 자주, 더욱 아픈 마음으로 듣곤 한다. 빨리 그곳으로 가서 그 아픈 가슴을 꿰매주어야 할 텐데, 빨리 그 상처가 태어난 장소로 마음으로나마 달려가, 아직 남아 있는 희망의 사금파리를 길어 올려야 할 텐데. 그리하여 작가는 절망이 아플수록, 몰락이 가까울수록, 더 미친 듯이 바빠질 수밖에 없는 존재다. 누군가의 가슴이

산산이 부서지는 순간, 작가는 더욱 깨어 있는 감각으로 '그
럼에도 불구하고 멈출 수 없는 희망'의 이야기들을 길어 올
려야 한다. 이 책은 모든 것이 무너져 내리는 와중에도 반드
시 깨어 있어야 하는 우리 자신의 최후의 감각기관, 희망이
라는 이름을 지닌 제2의 심장에 바치는 이야기다.

이리저리 흔들리는 출근길 버스 안에서 왠지 더 생생하게
살아 있음을 느끼는 당신을 생각하며
이른 아침 나의 일터로 달리는 버스 안에서
2018년 봄, 정여울

마지막
구원의
희망

철없는 어린 시절 나는 역사책을 읽으면서 '아직 제3차 세계대전이 일어나지 않아서 천만다행이다'라고 생각했다. 그런 참담한 비극이 '2차'로 끝나서 그나마 다행이라고, 다시는 온 세상이 전쟁의 광풍으로 뒤덮이지 말아야 한다고 생각하며 가슴을 쓸어내렸다. 하지만 시간이 지날수록 의심이 짙어진다. 정말 제3차 세계대전이 일어나지 않은 것일까. 우리는 또 다른 형태의 전쟁을 매일매일 겪고 있는 것이 아닐까. 모든 형태의 갑과 을의 전쟁, 강한 자가 단지 힘을 가졌다는 이유로 약한 자의 땀과 눈물과 피를 착취하는 일상의 전쟁이야말로 우리가 어쩔 수 없이 감내하고 있는 또 다른 전쟁이 아닐까. 이제는 모든 것이 전쟁이 되어버렸다. 아이들을 학교에 보내는 것도, 그 아이들을 무사히 집으로 돌아오게 하는 것조차도…….

어린 시절, 나를 키워준 것은 부모님만이 아니었다. 동네 어른들과 학교 선생님, 그리고 어린아이가 길을 잃었을 때 아무런 조건 없이 집에까지 데려다준 일면식도 없는 낯선 어른들의 도움이 없었다면 자칫 길 잃은 미아가 될 뻔한 적도 많았다. 쓸데없이 호기심이 많았던 어린 시절의 나는 걸 핏하면 길을 잃고 헤맸지만, 그때마다 얼굴도 이름도 모르는 낯선 어른들이 나를 집에까지 데려다주고 머리를 쓰다듬어주는 인정 많은 세상 속에서 자라났다. 그때는 그것이 당연한 것인 줄 알았기에 "감사합니다"라는 인사도 제대로 하지 못했다. 그저 펑펑 울며 다시 찾은 엄마 품에 쏙 안기는 것이 전부였다. 하지만 어린 마음에 '나도 어른이 되면 아이들에게 저렇게 도움을 주는 어른이 되어야겠다'라는 생각을 심어준 것도 바로 그런 낯선 어른들이었다. 아이들은 온종일 바깥에 나가서 놀아도 저녁이 되면 저절로 무사히 집으로 돌아왔으며, 아이들끼리만 집을 보아도 '무서운 일'은 거의 일어나지 않았다.

이제 낯선 어른은 아이들을 당연히 돕고 돌보고 보살피는 존재가 아니라, 신원을 확인하고, 진심을 확인해야 하는 두려운 존재가 되어버렸다. 아무도 믿을 수 없는 무서운 세상

속에서 점점 지쳐가는 현대인은 '내가 할 수 있는 일이 도대
체 무엇인가'라는 질문 앞에서 자기 안으로 쓸쓸히 침잠하
며 깊은 우울로 빠져 들어간다. 사람들로 하여금 평화로운
일상을 지킬 권리조차 박탈하는 이 끔찍한 고통의 뿌리는
무엇일까. 장 자크 루소는 이 뿌리 깊은 악惡의 기원을 '불평
등'이라 보았다.

　한 땅에 울타리를 치고 "이것은 내 것이야"라고 말할 생각
을 해내고, 다른 사람들이 그 말을 믿을 만큼 순진하다고 생각
한 최초의 인간이 문명사회의 실제 창시자다. 말뚝을 뽑아버리
거나 땅의 경계로 파놓은 도랑을 메우면서 동류의 인간들에게
이렇게 고함을 친 사람이 있었다면 그는 인류에게 얼마나 많은
범죄와 전쟁과 살상과 불안과 공포를 면하게 해주었을 것인가.
"여러분, 저 사기꾼의 말을 듣지 마시오. 만일 과일은 우리 모두
의 것이고, 땅은 어느 누구의 것도 아님을 망각하면 당신들은
파멸이오."

　— 장 자크 루소, 김중현 옮김, 『인간 불평등 기원론』,
　펭귄클래식코리아, 2010, 93쪽.

루소는 말한다. 모두가 함께 살아가야 할 땅에 울타리를 치며 "이 땅은 내 거야!"라고 선언하자는 기상천외한 아이디어를 생각해낸 사람, 그 말을 다른 사람이 믿을 정도로 순진하다고 여긴 최초의 인간이야말로 문명의 창시자라고. 그 탐욕스러운 인간이 박아놓은 말뚝을 뽑아버리고, 자연이 주는 모든 축복은 어느 한 개인의 것이 아니라 모두의 것임을 일깨워주는 사람이 있었다면, 인류는 지금과 같은 도탄에 빠지지 않았을 것이라고. 그렇게 단단한 '사유재산의 장벽'을 뛰어넘으려던 수많은 혁명가에게 세상은 결코 녹록지 않았다. 그들은 죽거나, 다치거나, 믿음을 저버리거나, 세상을 등졌다.

하지만 그렇다고 해서 싸움을 멈춰야 하는가. '만인의 갑' 행세를 하는 모든 권력자에게 세상의 통치권을 모조리 넘겨준다면, 우리 자신은 물론이고 우리의 아이들과 후손에게는 더 끔찍한 세상이 오지 않겠는가. 고독한 혁명가였던 루소 역시 이 싸움이 쉽지 않음을 알았다. 그는 자신이 쓴 글 때문에 평생 온갖 협박과 압력에 시달렸고, 체포를 피해 쫓겨 다니기도 했으며, 찬사와 영광의 눈길보다는 비난과 공격의 화살을 훨씬 많이 받았다. 하지만 그가 마지막으로 호소한

것은 언제나 역사와 미래였고, 독자였으며, 인간을 향한 멈
출 수 없는 사랑이었다.

　루소의 무기는 오직 펜이었다. 그는 가난한 집안에서 태
어나 어린 시절에 부모를 잃고 남의 집 하인 노릇까지 해가
며 밑바닥 생활을 전전했지만, 자신을 무조건적 사랑으로
보살펴준 바랑 부인에게 보답할 유일한 길은 바로 재능을
비축하는 것이라고 생각했다. 그는 미친 듯이 독서를 했으
며, 틈날 때마다 글을 써서 마침내 아카데미 논문 공모전에
당선된다. 그 논문 공모 과제가 바로 '학문과 예술의 진보는
풍속의 순화에 기여했는가?'였다. 대담무쌍한 루소는 '그렇
지 않다. 문명의 진보는 오히려 도덕의 퇴보를 가져와 인류
역사를 불행과 악덕으로 넘쳐나게 하는 데 기여했을 뿐이
다'라는 요지의 논문을 써서 일등상을 받았지만, 엄청난 논
쟁에 시달려야 했다.

　그는 자신의 논적에게 이렇게 반박한다. "악의 근원은 불
평등이다. 왜냐하면 불평등에서 부가 도출되기 때문이다.
가난과 부라는 말은 상대적이어서 평등한 곳에는 부자도 가
난한 자도 없을 것이다. 사치와 무위는 부에서 생겨난다." 무

엇보다도 그는 가난한 자들의 가장 소중한 무기가 '자유'임을 강조했다. 루소는 말한다. "가난한 자들은 자유 외에는 잃을 것이 아무것도 없기에 그들에게 남아 있는 유일한 재산인 그 자유를 아무 대가 없이 자발적으로 넘겨주는 것은 그들로서는 대단히 어리석은 짓이었다."

지혜 없는 이성, 행복 없는 쾌락이 판을 치는 강자들의 세상에서 루소는 약자의 유일한 무기, 자유와 공감과 지혜와 연대의 힘으로 세상을 지키고자 했다. 사건과 직접적인 이해관계가 없는 '제3자의 고통'이야말로 인간을 인간이게 만드는 마지막 구원의 희망이 아닐까. 죽어가는 아이와 그 충격으로 실신한 어버이를 바라보는 제3의 목격자들, 그들이 느끼는 비통함과 정의감이야말로 이 '강자들의 땅'에서 우리가 지켜야 할 마지막 인간다움이다.

듣는 귀가
언어를
더욱
아름답게
만든다

　카프카의 소설을 읽을 때는 독일어를 열심히 공부해야겠다는 생각이 들고, 제인 오스틴의 소설을 읽을 때는 영어 공부, 루쉰의 작품을 읽을 땐 중국어 공부에 대한 열정이 샘솟는다. '번역된 작품을 읽어도 이렇게 감동적인데 원어로 읽으면 얼마나 더 아름다울까' 하는 궁금증이 솟아나기 때문이다. 그때마다 잠깐씩 외국어 공부에 열을 올린다. 끈기가 부족해 금세 열기가 식어버리긴 하지만, 그 나라의 훌륭한 문학작품을 원어로 읽는 것보다 더 완벽한 외국어 공부 방법은 흔치 않음을 매번 깨닫는다. 외국어 자체뿐 아니라 그 나라의 문화, 역사는 물론 사람들의 집단적 심리나 개개인의 미세한 감정의 떨림까지도 고스란히 느낄 수 있기 때문이다. 요즘엔 스베틀라나 알렉시예비치가 나로 하여금 '이제는 러시아어 공부를 해야 하는 것인가' 하는 행복한 두려

움을 느끼게 한다. 러시아어는 워낙 어렵다는 소문이 자자
해 아예 시도조차 해볼 엄두를 내지 않았건만, 알렉시예비
치의 『체르노빌의 목소리』, 『아연 소년들』, 『전쟁은 여자의
얼굴을 하지 않았다』 등을 읽고 있으면 그녀의 절절한 감수
성과 따스한 마음씨가 그녀와 나 사이에 가로놓인 모든 시
공간의 장벽을 허물어버리는 듯하여 밤잠을 설칠 지경이기
때문이다.

  소설도 시도 희곡도 아닌데 이토록 아름다운 문학작품이
빚어지다니. 스토리텔링이나 장르에 대한 우리의 모든 고정
관념을 무너뜨리는 그녀의 폭발적인 글쓰기의 여정을 따라
가다 보면, 어느새 또 다음 책은 언제 번역이 되나 기다려진
다. 알렉시예비치의 글을 읽고 있으면 글쓰기는 단지 내 생
각을 적극적으로 표현하는 데에 그치는 것이 아니라 이 글
이 아니면 세상 어디에서도 울리지 않을 숨은 목소리들을
온몸으로 발굴하는 일임을 알 수 있다. 그녀가 귀 기울이는
사연은 하나같이 그동안 차마 자신의 이야기를 마음껏 발설
하지 못한 사람들의 억눌린 목소리에서 우러나온다. 러시아
를 침공한 독일군에 맞서 용감히 전쟁터로 나간 여성들, 전
쟁터에서 단지 간호나 취사만 한 것이 아니라 총을 들고 직

접 싸우고 독일군 탱크를 폭파하는 임무까지 해냈던 여성들
의 목소리를 듣고 있으면 '우리가 전쟁에 대해 알고 있는 것
은 전쟁에서 승리한 남성들의 서사뿐이었구나' 하는 뼈아픈
깨달음에 다다르게 된다.

독일 병사에게 강간을 당해 그의 아기를 임신한 러시아
여성이 차마 적군의 아이를 낳을 수 없어 스스로 목숨을 끊
은 이야기, 독일군과의 전투 중 전신 화상을 입어 불구가 된
후 전쟁이 끝난 뒤에도 가족에게조차 자신이 살아 있다는
사실을 알리지 않은 여성의 이야기, 그리고 전쟁 중에 러시
아 군인과 사랑에 빠졌지만 전쟁이 끝난 뒤 조강지처에게
돌아가버린 그 사람을 평생 그리워하며 그의 딸을 낳고 혼
자 살아온 여성의 이야기까지……. 그 모든 이야기가 사랑과
슬픔과 분노와 비애의 멜로디를 연주하며 가슴속에서 깊고
깊은 한숨의 오케스트라를 빚어낸다.

알렉시예비치는 이렇게 한숨과 눈물 없이는 차마 들을 수
없는 고통스러운 이야기야말로 승리자의 역사, 남성들의 전
쟁, 국가 주도의 기억 만들기 속에서 잊히고 짓밟히는 소수
자의 목소리임을 밝혀낸다. 그녀는 화려한 문체를 구사하지

도 않고 두드러지게 자신만의 목소리를 드러내지도 않는다. 다만 남성들이 주도하는 전쟁 속에서 분명히 남성들 못지않게 용감하게 전투를 수행하고 청춘과 여성스러움과 목숨까지 바쳐 조국을 지키기 위해 싸웠지만 영웅으로 대접받기는커녕 '결혼하기에는 뭔가 꺼림칙한 여성'으로 홀대받으며 평생 죄의식 속에서 살아온 여인들, 그들의 이야기가 그녀의 글 속에서 담담하게 울려 퍼질 뿐이다.

알렉시예비치의 독특한 문학 세계는 누구도 들어주려 하지 않는 이야기를 끝내 들어주고자 하는 작가의 따스한 마음, 온갖 말줄임표와 침묵과 망설임 속에 숨어 있는 이야기까지도 끝내 세상 밖으로 끌어내고자 하는 강렬한 의지가 만들어낸 눈부신 기적이다. 알렉시예비치는 때로는 오케스트라의 지휘자처럼 그녀들의 목소리를 세상 가득히 울려 퍼지게 하고, 때로는 외할머니의 옛날이야기를 기다리는 어린 소녀처럼 반짝이는 눈빛으로 그녀들의 구슬픈 넋두리를 가만히 들어주기도 한다. 애써 자신을 드러내려 하지 않고 자신의 글 속에서 그토록 오랫동안 울음과 절규를 참고 또 참아온 여성들의 목소리가 최대한 날것 그대로 울려 퍼지게 내버려둔다. 때로는 입술보다 귀가 더 커다란 언어적 울림을 표현해낸다. 누군가 반드시 들어주어야만 세상 밖으로 흘러넘칠 수 있는 이야기가 있기 때문이다. '말 잘하는 입술' 이 아니라 '타인의 말을 잘 듣는 귀'가 더욱 절실히 그리워지는 요즘이다.

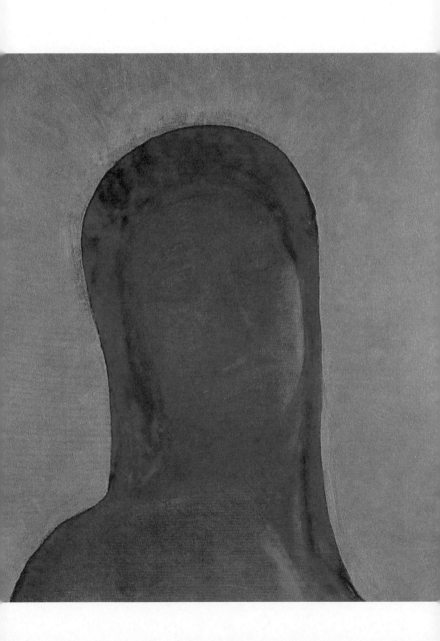

영원한
이별
앞
공감 일기

사랑하는 가족이나 연인을 영원히 떠나보낸 사람들 앞에
서 우리는 할 말을 잃는다. 어떻게 위로해야 할지 알 수 없을
뿐 아니라, '위로'라는 것 자체가 가능하지 않을 것 같다는 무
력감에 휩싸이기도 한다. 우리는 자신이 슬픔에 빠졌을 때
에도 어떻게 스스로를 위로해야 할지 잘 알지 못한다. 특히
우리 문화권에서는 '슬픔에 빠져 있는 상황' 자체를 누구에
게도 보여주지 않으려는 사람이 많다. 슬픔에 빠진 모습은
나약한 것이고, 나약한 모습은 수치스럽다는 잘못된 사회
인식 때문이다.

사랑하는 이를 잃어버린, 그 무엇으로도 달랠 수 없는 참
혹한 슬픔 앞에서 우리는 가장 먼저 스스로를 고립시키려
한다. 일단은 혼자 있고 싶다. 누구의 위로도 들리지 않고 그

모든 위로의 말이 심지어 내 슬픔을 향한 공격처럼 느껴지기에, 우리는 슬픔에 빠진 스스로를 내면의 독방 안에 철저히 감금시킨다. '슬픔 앞에서 무엇을 할 것인가'라는 문제는 언제나 어렵고 아프기만 하다.

『상실 그리고 치유』의 저자 M. W. 히크먼은 스스로가 뼈아픈 상실을 경험한 사람이다. 사랑하는 딸이 열여섯 살 때 말에서 떨어져 죽은 후, 그녀는 딸의 방으로 들어가는 문만 바라봐도 가슴이 철렁하는 상태를 경험한다. 딸의 방문을 얼마나 열어둘 수 있는지에 따라 자신의 정신적 건강도를 체크할 정도로, 그녀는 딸을 잃어버린 슬픔 앞에서 오래오래 앓아야 했다. 방문을 완전히 닫아놓은 날은 '도저히 견딜 수 없는 날'이다. 딸의 방문을 반쯤이라도 열어둘 수 있는 날은 '그나마 조금이나마 버틸 수 있는 날'이다. 오랜 시간이 지나 딸의 방문을 활짝 열어두고도 일상생활을 할 수 있게 되자, 그녀는 자신도 모르게 스스로 치유되기 시작했음을 느낀다.

히크먼은 그토록 사랑했던 딸의 죽음 이후, 자신이 오랫동안 그 상실의 아픔을 어떻게 치유했는지를 365일 동안의

일기 형식으로 표현한다. 물론 이런 '애도 일기'를 쓸 수 있게
된 것은 딸이 죽고 나서 아주 오랜 시간이 지난 후였다. 작가
이던 그녀는 어느 순간부터 매일매일 글을 쓴다는 일 자체
가 슬픔을 극복하는 데 커다란 도움이 됐음을 깨닫는다.

 저자는 사랑하는 사람의 죽음 앞에서 '타인의 역할'이 얼
마나 중요한지를 강조한다. 예컨대 장례식 날 한꺼번에 사람
들이 찾아와서 일제히 황급하게 애도를 표현하는 일은, 슬픔
을 오랫동안 앓은 그녀가 보기에 '바보 같은 문화'라는 것이
다. 장례식 당일에 가지 못했더라도, 혹은 장례식에 갔었더
라도, 살면서 조금씩조금씩 그 아픔을 표현하는 것이 슬픔
을 겪는 당사자 처지에서는 훨씬 도움이 된다고 한다.

 그녀는 딸이 죽으면서 인간관계가 완전히 바뀌었다고 이
야기한다. 예전에 친했던 사람들이 오히려 멀어지기도 했으
며, 거의 친밀감을 느끼지 못했던 사람들이 자신을 위로해
준 일 때문에 가까워지기도 했다고 한다. 그녀에게는 함께
울어줄 사람, 자신이 울 수 있게 편안한 상태로 만들어줄 사
람이 필요했던 것이다.

 사랑하는 남편을 잃고 그 슬픔의 시간을 『상실』이라는 책으로 써낸 작가 조앤 디디온은 고백한다. 자신이 그야말로 아무것도 제대로 씹어 넘길 수 없었던 몇 달 동안, 매일 치킨 수프를 사다 주던 친구의 도움을 잊을 수가 없다고. 무엇도 먹을 수 없었는데, 그 수프만은 조금씩 넘길 수 있었다고 한다. 그녀는 아주 오랜 시간이 지나고서야 그 친구의 치킨 수프가 자신을 살려낸 구원의 생명수였음을 깨닫게 된 것이다.

 히크먼은 이제 겉으로는 그녀가 '괜찮은 듯' 보였을 때, 자신에게 딸의 죽음에 대한 애도를 표현해준 사람들에게 감사를 표한다. 시간이 지난 후, 그녀가 슬픔을 추스르고 있는 것처럼 보일 때, 그녀에게 죽은 딸에 대한 추억을 들려주는 일은 그녀에게 커다란 도움이 되었다고 한다. 모두가 이제 죽은 사람을 잊고 아무 문제없이 살아가는 듯이 보일 때, '그 사람에 대한 기억은 완전히 없어진 것이 아님'을 말해주는 사람이 필요하다. 죽은 이가 좋아하던 노래, 음식, 장소를 하나하나 함께 이야기하며 그 추억을 '살아 있게 만드는 것'은 장례식의 의례적 애도보다 훨씬 중요한 역할을 한다.

저자는 자신이 몰랐던 딸의 이야기를 들려주는 사람들, 자신도 자식을 잃은 슬픔을 가슴에 묻었다고 이야기해주는 사람들, 그녀의 슬픔을 완전히 이해할 수는 없지만 어떻게든 공감하려는 '타인들의 관심'으로 아픔이 조금씩 치유되기 시작했음을 고백한다. 슬픔에 빠진 사람을 그저 내면의 독방에 가둬두는 것만이 능사는 아니다. 언젠가는 그가 세상 속으로 다시 돌아올 수 있도록, 단지 겉으로만 일상사를 지속하는 것이 아니라 삶 속으로 진심으로 되돌아올 수 있도록 도와주는 타인의 관심이야말로 슬픔에 빠진 이에게 가장 필요한 힘이다.

이제는 조금 괜찮아졌다 싶으면 또다시 슬픔의 해일이 밀려오고, 이제는 다 포기했다 싶으면 어느새 자신도 모르게 조금씩 희망의 싹이 보이는 그 지난한 과정들. 그렇게 뜻대로 되지 않는 상실과 치유의 과정을 통해 우리는 단지 떠나간 사람을 잊는 것이 아니라 그가 남긴 삶의 흔적들과 '함께' 살아가는 법을 배우게 된다.

우리는 뼈아픈 상실을 겪고 나면 우리들 자신이 어떤 거대한 '슬픔의 공동체' 안에 편입됐음을 깨닫는다. 나와 비슷

한 고통을 앓는 사람들의 아픔이 결코 남의 일 같지 않게 느껴지는 것이다. 『상실 그리고 치유』는 남편을 떠나보낸 아내, 아들딸을 잃은 부모, 부모님을 일찍 여읜 자식, 사랑하는 친구를 잃어버린 사람들의 이야기로 가득하다. 그런데 놀랍게도 결코 '어둡다'라는 생각이 들지 않는다. 수많은 사람의 상실과 그리움, 고통과 자기 극복의 이야기들은 신묘한 '치유의 오케스트라'가 되어 우리 가슴속에서 치유의 교향악으로 울려 퍼진다. 이 이야기들의 공통점은 치유가 어떤 합리적인 과정을 거쳐서 일어나는 것이 아니라는 점이다. 사람들은 상식적으로 이해되지 않는 행동들, 뜻밖의 기적 같은 체험, 남에게는 결코 논리적으로 설명할 수 없는 미묘한 내면의 변화를 통해 간신히, 그러나 분명히, 고통의 시간으로부터 조금씩 놓여난다.

뛰어난 가구 디자이너이던 남편이 죽고 나서 오랫동안 방황하다가 '신께서 최고의 가구를 만드는 장인匠人이 필요하셔서 그를 데려가셨다'라는 생각을 하고 나서야 슬픔을 극복할 수 있었다는 아내의 이야기는 내게 많은 생각을 하게 해줬다. 남이 보기에는 황당한 논리적 비약일 수 있다. 하지만 최고의 전성기를 누리던 남편을 어느 날 갑자기 잃어버

린 아내의 처지에서는 그런 '비논리적 믿음'이야말로 남편
의 죽음을 받아들일 수 있는 작은 통로가 된다. 중요한 것은
그녀의 자기 정당화가 '비논리적'이라는 것이 아니라 '믿음'
이라는 점이다. 믿음은 믿는 자를 지켜주는 존재의 뿌리다.
믿지 않는 자에게 믿음은 비논리적이고 하찮아 보이지만,
믿는 자에게 믿음은 때로는 자신의 존재보다도 더 커다란
무게로 삶을 압도한다.

　돌이켜보면 나도 그런 방식으로 내 아픔과 상실을 정당화
한 적이 많았다. 원하던 일자리를 얻지 못했을 때는 '내게 어
울리는 더 나은 곳이 있을 거야'라고 스스로를 위로했고, 시
험에 떨어졌을 때는 '내가 공부를 열심히 안 해서야'라는 객
관적 분석보다는 '다음엔 더 잘할 수 있을 거야'라는 환상적
위로로 나를 다독이곤 했다. 그런데 취직이나 시험에서 느
끼는 상실감보다도 인간관계에서 오는 상실감은 몇 배로 더
컸다. 어떤 환상적 자기 위안으로도 사랑하는 사람을 잃은
슬픔, 친구나 후배를 잃은 슬픔, 피붙이를 잃은 슬픔은 극복
되지 않았다. 그 슬픔을 견디게 해주는 가장 중요한 원동력
은 바로 '나와 함께 내 아픔을 슬퍼해주는 타인'의 존재다.

　우리는 자칫하면 아파하는 사람들에게 더 큰 상처를 줄 수 있다는 생각에 아예 '당신의 아픔을 이해한다'라는 표현 자체를 삼가는 경향이 있다. 그런데 슬픔의 당사자들로부터 이야기를 들어보면 하나같이 '자신의 슬픔을 함께해주는 타인'이야말로 치유의 가장 중요한 계기가 됐다고 한다. 슬픔에 빠진 사람들은 한결같이 '아무도 나를 건드리지 마라!'라는 제스처를 보이지만, 어느 정도 시간이 지나면 '슬픔을 위로하는 타인의 개입'이 매우 중요한 역할을 한다는 것이다.

　내 개인적인 슬픔의 역사를 돌이켜보면, 내가 슬픔에 빠져 허우적거린 후 꽤 오랜 시간이 지나고 나서야 '내 아픔을 함께해준 또 다른 타인의 모습들'이 보였다. 내가 좌절감에 빠져 있을 때 친구에게 전화를 한 적이 있다. "나 여기 인사동 모 카페인데, 너 아무것도 묻지 말고 지금 바로 와줄 수 있어?" 그런 무리한 부탁을 남에게 해본 적이 없는 나로서는 정말 힘든 청이었다. 그런데 그 힘겨웠던 순간, 친구는 1초도 망설이지 않고 이렇게 대답해줬다. "어, 갈게." 그 목소리가 어찌나 반갑던지, 그 순간 얼마나 눈물이 쏟아지던지.

　그렇게 함께 무너져주고 함께 절뚝거려준 타인의 존재 덕

분에 우리는 스스로를 추스르게 된다. 나 또한 그 친구에게
항상 그렇게 '언제든지 달려갈게'라는 무언의 사인을 보냄
으로써 우리는 지금까지도 때로는 오순도순, 때로는 티격태
격하며 잘 지내고 있다. 이런 '슬픔의 품앗이'는 인간이 슬픔
을 견딜 수 있는 최고의 지혜가 아닐까.

어린 왕자의
장미가
못다
한
말들

　아무리 반복해서 읽어도 지겹지 않은 이야기들이 있다.
세상에서 가장 우울한 이야기들 중 하나지만 읽을 때마다
가슴 시린 『이방인』이 그렇고, 세상에서 가장 많이 읽힌 책
중 하나지만 매번 조금씩 다른 울림으로 다가오는 『어린 왕
자』도 그렇다. 특히 요즘처럼 타인과의 지속적인 관계 맺기
가 어려워진 세상에서는 장미 한 송이와도 아름다운 사랑을
나눌 줄 알았던 어린 왕자의 천진무구함이 그리워진다. 오
랜 시간이 지나 다시 읽는 『어린 왕자』에서는 유독 '혼자 두
고 온 장미'에 대한 때늦은 그리움을 토로하는 그의 슬픔이
진하게 배어 나온다.

　난 정말 아무것도 이해할 줄 몰랐던 거야! 꽃의 말이 아니라

하는 행동을 보고 판단했어야만 했어. 그 꽃은 나에게 향기를 풍겨주고 또 환하게 비춰주었어. 결코 달아나지 말았어야 하는 건데! 그 가련한 꾀 뒤에 숨은 따뜻한 마음을 보았어야 하는 건데. 아, 꽃들이란 얼마나 모순된 존재들인지! 하지만 그를 제대로 사랑하기에는 그때 난 어렸던 거야.

— 생텍쥐페리, 박성창 옮김, 『어린 왕자』, 비룡소, 2000, 35쪽.

어린 왕자는 장미의 끝없는 허영심과 '센 척'에 기가 질려 장미로부터 도망치고 말았다. 우주를 떠돌던 작은 씨앗이 어린 왕자의 소행성에 뿌리를 내려 태어난 장미. 그녀는 아름답고 사랑스러웠지만, 어린 왕자에게 솔직하지 못했다. 어린 왕자가 그녀를 보호하기 위해 둥근 덮개를 씌워주려 하자 장미는 너의 보호 따윈 필요 없다는 듯 새침하게 대꾸한다. "그 유리 덮개는 내려놔. 이젠 필요 없어." 바람이 불면 어떡하느냐고 걱정하는 어린 왕자에게, 장미는 허세를 부린다. "감기가 심한 것도 아닌데 뭐……. 시원한 밤바람은 오히려 몸에 좋을 거야. 나는 꽃이잖아." 그럼 벌레가 모여들면 어찌하느냐고 걱정하는 어린 왕자에게, 장미는 심지어 '어장 관리'를 한다. "나비를 만나고 싶으면 쐐기벌레 두세 마리쯤이야 견뎌야지 뭐. 나비는 무척 예쁘다지? 나비 말고 또 누가 나를 찾아주겠어? 너는 멀리 가버릴 테고. 짐승들은 걱정 안해. 나도 내 발톱이 있거든."

자신은 아름다운 장미니까 분명히 나비가 찾아올 것이라 믿는 그녀의 속내는 사실 이 세상 어떤 나비도 필요 없으니 어린 왕자 바로 너의 사랑만이 필요하다는 절박한 고백이 아니었을까. 장미의 밀고 당기기에는 이미 '내 곁에 있어 달라'는 가녀린 은유와 상징이 넘실거렸다. 그녀는 천진난만하게 자신이 지닌 유일한 무기, 네 개의 가시를 가리키며 '난 내 발톱이 있으니까 커다란 짐승도 겁낼 필요가 없다'고 주장한다. 그 조그마한 가시로 도대체 어떻게 자신을 방어하겠다는 것인가. 그녀의 언어는 어린 왕자를 밀어냈지만, 그녀의 몸짓은 '제발 내 곁에 있어줘!'라고 말하고 있었던 것이다. 사랑할수록 자신의 나약한 모습을 들키기 싫어하는 여자의 심리를 알 턱이 없는 순진한 어린 왕자는 그녀의 속내를 알아차리지 못한다. 마지막으로 꽃은 쏘아붙인다. "그렇게 우물쭈물하고 있지 마. 신경질 나. 떠나려면 빨리 떠나."

  어린 왕자가 소행성을 떠나는 날. 꽃은 울음을 터뜨리는
모습을 어린 왕자에게 들켜버리고 싶지 않았던 것이다. 그
녀는 '조금도 겁날 것 없어', '네가 없어도 난 끄떡없어'라는
강한 메시지를 보내지만 속마음은 '제발 내 곁에 있어줘. 나
는 네가 필요해'라고 말하고 싶었던 것이다. 아름답고 빛나
는 모습만 보여주고 싶었던 장미의 허영을 한 꺼풀만 벗겨
보면 그 속엔 어린 왕자를 향한 더없는 사랑의 속살이 숨겨
져 있었을 터. 어린 왕자는 한편으로는 지극히 공격적이면
서도 한편으로는 지극히 방어적인, 그녀의 서글픈 반어법을
알아듣지 못했던 것이다.

  그녀를 떠난 후 오랜 시간이 지나서야, 그녀가 자신에게
얼마나 환한 빛을 비추어주었는지 깨닫게 된 어린 왕자. 어
쩌면 장미는 이미 죽었을지도 모른다. 먹이를 찾아 헤맬 수
있는 자유를 가진 동물과 달리, 겨우 가시 네 개로 텅 빈 고
독을 견뎌야 하는 무력한 장미는 가만히 앉아서 속수무책
으로 죽음을 맞이했을 가능성도 높다. 하지만 장미가 죽었
을지라도 그녀를 잊을 수 없는 것, 그녀에 대한 걱정을 멈출
수 없는 것이 어린 왕자의 사랑이다. 우리는 장미가 가장 아
름다운 순간을 보존하기 위해 꽃을 말리기도 하고, 디지털

카메라로 꽃의 아름다운 사진을 찍기도 한다. 하지만 장미
의 휘어진 줄기, 시들어가는 꽃잎, 말라가는 잎사귀마저 아
끼고, 돌보며, 있는 그대로의 장미를 사랑하는 것이야말로
존재를 향한 예의가 아닐까. 사람들은 장미가 '흔해빠졌다'
고 생각하지만, 우리가 지금 각자의 자리에서 발견하고, 물
을 주고, 돌봐줘야 할 장미는 각각 세상에 하나뿐인 존재이
다. 사랑한다는 것은 단지 상대의 '좋은 면'만 골라 채집하는
것이 아니라, 상대의 아픔과 결점까지 끌어안을 수 있는 강
한 책임감을 필요로 한다. 이제 우리의 어린 왕자는 그녀에
게 날아갈 것이다. 보이지 않는 그녀의 눈물, 들리지 않는 그
녀의 숨소리를 듣기 위해.

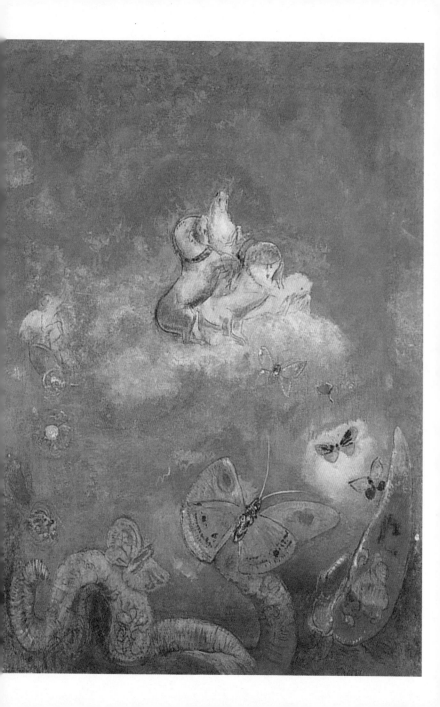

이제 다
끝이라고
느끼는
당신에게
띄우는
책

　새로운 낱말을 처음으로 알았을 때의 놀라움이 오랫동안
가슴속에 남아 있을 때가 있다. 예컨대 '모태 신앙'이라는 개
념이 그랬다. 초등학교 때 친구가 "난 모태 신앙이야"라고
의기양양하게 선언하던 순간, 나는 그 아이의 눈빛에 순간
적으로 광채가 서리는 듯한 착시를 느꼈다. 모태 신앙, 그게
뭔데 저렇게 자랑스러울까, 신기하고 경이로웠다. 그가 '넌
그것도 모르니?' 하는 듯한 눈빛으로 나를 쏘아보던 그 순간
의 열패감이란. 하지만 그 단어를 이해하는 순간 난감했다.
아니 어떻게 엄마 배 속에서부터 아기가 신앙을 갖는단 말
인가. 엄마 배 속은커녕 서너 살 때의 기억조차 나지 않는데.
하지만 그 단어의 위력은 실로 대단해서, 나는 나도 모르게
'모태 신앙을 지닌 친구들'을 남몰래 동경하고 있었다.

　고등학교 때 나는 또 한 무리의 거대한 '모태 신앙 소녀들'
을 만났다. 우리 학교가 미션스쿨이기 때문에 더욱 그랬다.
친구 따라 교회에 가서 주말 내내 그들이 신앙생활을 하는
모습을 부러운 눈으로 지켜보기도 했다. 하지만 한 독실한
'모태 신앙 소녀'의 충격적인 선언 때문에 나는 기독교에서
멀어지게 되었다. "예수님은 널 위해 모든 고통을 대신 짊어
지고 돌아가셨어. 네가 그걸 못 믿는다면, 네가 오만하기 때
문이야. 너의 불신은 너의 자만에서 나오는 거야." 열일곱 살
의 나는 너무 충격을 받아 한동안 그 친구의 눈을 피해 다녔
다. 그녀는 무슨 권리로 나를 오만하다고 비난하는 것일까.
난 그냥 말없이 그 아이 이야기를 듣기만 했는데. 내 눈빛에
'나는 의심한다'라는 주홍글씨가 새겨져 있기라도 했을까.
오랜 시간이 지나 그 충격에서 벗어났는데, 그제야 그 아이
의 마음을 조금은 이해할 수 있었다. 그 친구에게는 신앙이
그만큼 중요했던 것이고, 나를 아끼는 마음이 '전도를 향한
과도한 열망'으로 대체된 것이 아니었을까. 하지만 그 후로
나는 친구들과 '종교'에 대해서는 이야기를 꺼내지 않게 되
었다. 개인의 신앙에 관해서는 '침묵'만이 유일한 평화의 길
임을 뼈저리게 깨달았기 때문이다.

신들의 숲에서
길을 잃다

　　　　　　　　　이안 감독의 영화 「라이프 오브 파
이」를 보며 나는 종교 때문에 힘겨운 질풍노도의 시기를 겪
었던 내 어린 시절을 떠올렸다. 주변의 모든 친구들은 기독
교인이었고, 부모님은 독실한 불교 신자셨다. 친구들은 매
주 나를 '전도'하기 위해 애썼고, 부모님은 시간 날 때마다 나
를 전국의 사찰로 데리고 다니셨다. 나는 불교는 물론 천주
교와 개신교에도 각각 그 나름의 매력을 느꼈다. 주변에 이
슬람교도나 힌두교도가 있었더라도 마찬가지로 매혹되었
을 것이다. 나는 믿음의 내적 체계보다도 믿음이 사람들의
삶을 바꾸는 과정이 흥미로웠다. 어떤 종교든 나에게는 조
금씩 다 매혹적이었다. 그러나 아무에게도 그런 '분열된 마
음'을 고백할 수 없었다. 그 '갈라진 마음'이 왜 죄가 되는 것
인지도 알 수 없었다. 인도의 동물원에서 자라난 열여섯 살
소년 파이의 모태 신앙은 힌두교였지만 그는 기독교에도 매
혹되고 이슬람교에도 매혹된다. 어른들 몰래 힌두교 사원과
이슬람 사원, 성당까지 함께 다니던 파이는 어느 날 그 '세
개의 마음'을 들키고 만다. 어른들에게 호되게 질책을 당한

파이는 도대체 자신이 무엇을 잘못했는지 알 수가 없어 항
변한다. "어째서 힌두교도 겸 기독교도 겸 이슬람교도가 될
수 없다는 거죠?"

　　파이는 동물원을 운영하는 아버지에게 수없이 많은 것
들을 배운다. 벵골 호랑이 리처드 파커가 '귀엽다'며 쓰다듬
고 싶어 하는 파이에게, 호랑이가 얼마나 무서운 동물인지
가르쳐주기 위해 직접 염소를 잡아먹는 모습을 보여주기까
지 한다. 하지만 아버지는 파이의 근원적인 질문에는 대답
해주지 못한다. 왜 세 가지 종교를 함께 믿으면 안 되는지,
왜 나의 종교가 옳다고 해서 타인의 종교가 '틀리다'고 하는
것인지. 파이는 모든 것을 홀로 생각하기 시작한다. 온갖 경
이로운 기적을 아이들 장난처럼 손쉽게 척척 이뤄내는 힌
두 신들에 익숙해진 파이는 인간 때문에 고통받고, 조롱당
하며, 슬퍼하는 예수를 이해할 수가 없다. 하지만 예수의 '인
간다움'이 이상하게도 파이를 감동시킨다. "배가 고프고, 갈
증 때문에 고생하고, 지치고, 슬프고, 초조해하고, 희롱당하
고, 똑똑지 못한 제자들과 그를 존경하지 않는 반대파를 참
고 봐줘야" 하는 예수의 이야기를 알게 된 파이는 당혹스럽
다. "무슨 신이 그런가? 너무나 인간 수준의 신이다." 그러나

파이를 매혹시키는 것은 물 위를 걷거나 아픈 이를 치유해
주는 예수가 아니라 '끊임없이 이야기를 들려주는 예수'다.
그 이야기의 끝없는 감동이 파이를 기독교 신자로 만든 것
이다.

파이는 어린 시절부터 익숙하게 보고 자라온 힌두교, 우
연히 성당에 들렀다가 신부님에게 감화당한 기독교, 게다가
이슬람 사원의 장엄함에 감동하여 믿게 된 이슬람교에 이르
기까지, 세 종교 모두를 진심으로 동시에 믿는다. 그에게 '세
가지 믿음'은 본질적으로 '하나의 믿음'인 것이다. 그러던 어
느 날 해변가에서 신부님과 힌두 사제와 이슬람 지도자를
한꺼번에 맞닥뜨리게 되자 세 사람 모두가 '파이는 우리 신
자다'라고 주장하는 난처한 상황에 빠지게 된다. 영화에서
는 생략된 장면이지만, 원작 소설에서는 이 장면이 중요하
게 다루어진다. 이슬람 지도자는 파이 앞에서 힌두교와 기
독교를 비난한다. "힌두교도와 기독교도는 우상 숭배자들
이란다. 다신교라고." 그러자 힌두 사제가 이슬람교를 지탄
한다. "이슬람교도는 부인을 여럿 거느리지." 신부님도 지지
않고 이슬람교를 비판한다. "당신네 종교에 신은 어디 있지
요? 당신네 종교는 한 가지 기적도 보여주지 못해요. 기적이

없는 종교라니 그게 무슨 종교요?" 이에 대한 이슬람 사제
의 대답은 공격적이지만 또 나름의 논리가 있다. "종교가 무
슨 죽은 사람들이 무덤에서 벌떡 일어나는 서커스인 줄 압
니까! 우리 이슬람교인들은 존재의 핵심적인 기적에만 매달
립니다. 새들이 날고, 빗방울이 떨어지고, 곡식이 자라고……
우리에게는 이런 기적만으로 충분합니다."

각 종교의 사제들은 한 소년을 사이에 두고 뜨거운 종교
논쟁을 벌이다가, 결국 선택권을 파이에게 넘겨준다. 자, 이
제 네가 '단 하나의 종교'만을 선택하라고. 어른들의 '우문'을
향한 파이의 '현답'이 절묘하다. "간디께서는 '모든 종교는
진실하다'고 말씀하셨어요. 저는 신을 사랑하고 싶을 뿐이
에요." 수많은 신들 중에 하나를 '선택'하고 '결정'하는 것이
아니라, 그저 신을 사랑하겠다는 소년 앞에서 세 '현자'들과
부모님은 할 말을 잃는다. 해맑은 얼굴로 신을 사랑하고 싶
어 하는 아이를 꾸짖을 수는 없었던 것이다. '이것 아니면 저
것이다'라는 이분법을 요구하는 어른들 앞에서, 파이는 자
기만의 믿음, 자기만의 사랑법을 찾아낸다. 그것은 어떤 한
종파에 완전히 귀속되지 않는 이 세상 모든 사물들 속에 깃
든 신의 사랑을 느끼는 법이었다.

파국 혹은
종말의 순간

파이의 아버지는 동물원 경영이 위기에 처하자 캐나다 이주를 결심한다. 그 수많은 동물들을 각각 다른 동물원으로 보내기 위해, 일단 가족과 동물들 모두 '침춤호'에 승선한다. 고향인 인도를 떠나는 것은 괴롭지만, 새로운 땅으로 이주한다는 설렘으로 파이는 잠 못 이룬다. 이상한 소리에 잠이 깬 파이는 혼자 선상으로 나와 바다를 구경하다가 침춤호가 급격히 한쪽으로 기울며 가라앉는 것을 발견한다. 미처 도움을 구하기도 전에 배는 급격하게 가라앉고 동물들은 물론 가족들이 자고 있는 선실 쪽으로는 벌써 물이 꽉 차 들어갈 수 없게 되어버린다. 파이는 그가 사랑하는 모든 신을 불러 간절히 구원을 요청한다.

내 상냥한 지혜의 수호천사이신 어머니, 어디 계세요? 걱정 많으신 사랑하는 아버지, 어디 계세요? 내 어린 시절의 눈부신 영웅 라비 형? 비슈누 신이시여, 절 지켜주세요. 알라 신이시여, 절 보호해주세요. 예수님, 절 구해주세요. 저는 참을 수가 없습

니다! (⋯) 내가 중요하게 생각하는 것은 하나도 남김없이 죽는
구나. 왜 이래야 되는지 설명도 듣지 못하고? 천국에서 오는 설
명도 듣지 못하고 지옥을 겪으며 살라고?

— **얀 마텔, 공경희 옮김, 『파이 이야기』, 작가정신, 2004, 129쪽.**

    간신히 구명보트에 오른 파이는 어쩔 줄 모른다. 이제 태
평양 한가운데 고아가 되어 홀로 떠 있는 파이. 그러나 사실
혼자가 아니었다. 동물원의 벵골 호랑이 리처드 파커가 함
께 타고 있었던 것이다. 앞에는 커다란 호랑이가 떡하니 아
가리를 벌리고 있고, 밑에는 상어가 헤엄치고, 위로는 폭풍
우까지 몰아친다. 게다가 얼룩말과 오랑우탄과 하이에나까
지 어느새 함께 타고 있다. 리처드 파커가 사라져 보이지 않
는 동안 하이에나가 얼룩말을 먹어치운다. 분노한 오랑우탄
이 하이에나에게 이길 수 없는 싸움을 걸었다가 머리가 잘
려나가고, 바다에 빠진 줄만 알았던 리처드 파커가 나타나
하이에나를 죽여버린다. 이 모든 살육의 과정을 속수무책으
로 지켜보던 파이는 그럼에도 불구하고 살아남기 위해 고군
분투한다. 다른 동물들이 모두 죽고, 이제 호랑이 한 마리만

남게 되자 파이는 어쩔 수 없이 호랑이를 먹여 살리게 된다.

아이러니하게도, 가장 무서운 적, 호랑이가 오히려 파이를 강인하게 살아남게 한다. 호랑이는 그의 목숨을 위협하지만 오히려 그 적이 기진맥진한 파이를 긴장시키는 것이다. 인간이 어떻게 해볼 수 없는 자연의 먹이사슬 속에서 호랑이는 분명히 '적'이지만, '생존'이라는 또 하나의 운명적 전투 앞에서는 든든한 '아군'이 되는 역설. 전선을 어떻게 긋느냐에 따라 적과 아의 구분은 달라진다. 공포에 사로잡힌 파이를 진정시킨 것은 바로 벵골 호랑이 리처드 파커였다. "무서워 죽을 지경으로 만든 바로 그 장본인이 내게 평온함과 목적의식과 심지어 온전함까지 안겨주다니." 파이는 드디어 인정한다. 리처드 파커가 배고플 때는 폭풍우보다 더 무섭지만, 만족스럽고 행복할 때는 "몸무게가 200킬로그램 이상 나가는 얼룩고양이" 같다고. 그는 합리적으로 생각해보려한다. 자기가 호랑이를 길들여야만 살아남을 수 있다고.

그러나 마음 한편에서 진심은 합리성과 다르게 움직인다. 리처드 파커가 무서워 죽을 것 같았지만, 그래도 그가 살아 있기를 바랐던 것이다. "마음 한편에서는 리처드 파커가 죽는 걸 바라지 않았다. 그가 죽으면 절망을 껴안은 채 나 혼자 남겨질 테니까. 절망은 호랑이보다 더 무서운 것이 아닌가." 리처드 파커의 공격에서 살아남기 위해 긴장하는 동안, 그는 가족을 잃은 슬픔을, 앞으로 혼자 살아나가야 할 막막함을, 모두 잊을 수 있었다. 리처드 파커를 돌보는 것이 그에게 또 하나의 소명이 된 것이다. 동물원에서 야수들을 길들이는 아버지와 조련사들을 보며 자라온 파이는 어깨너머로 바라본 조련 방법을 써먹기로 한다. 그는 이제 스스로의 힘으로 최고의 항해사가 되고 최고의 낚시꾼이자 최고의 조련사까지 되어가고 있다. 살아남기 위해, 그리고 리처드 파커를 먹여 살리기 위해. 채식주의자였던 파이는 어쩔 수 없이 낚시를 하게 되고 처음으로 '살육'을 경험하게 된다. 살아 꿈틀거리는 날치의 목을 부러뜨려 붉은 피를 보는 순간, 파이는 진짜 어른이 된다. 다른 생명을 죽여야만 내가 살아지는, 인생의 무서운 신비를 깨닫는 것이다.

불쌍한 죽은 영혼을 기리며 마구 흐느꼈다. 감각이 있는 것을 죽이기는 처음이었다. 이제 난 살생을 저질렀다. 이제 카인 같은 죄인이었다. 책벌레에 신앙심 깊던 열여섯 살 순진한 소

년이 이제 손에 피를 묻혔다. 짊어지기에는 너무나 끔찍한 짐
이다. 감각을 느끼는 것은 미물이라도 신성하다. 나는 기도할
때마다 이 날치를 잊지 않는다.

ㅡ 얀 마텔, 앞의 책, 229쪽.

지옥의 전쟁터,
기적의 방주가 되다

　　　　　　　　　　파이는 마침내 섬을 발견한다. 물
과 과일과 해초와 미어캣이 가득한 환상의 섬에 도달한 그
는 '이제 살았구나' 하는 생각에 며칠 동안 안락을 즐긴다. 그
러나 쾌락에 도취할 수 있었던 시간은 잠깐뿐. 그는 나무 열
매에 숨겨진 인간의 치아 32개를 발견한다. 섬 자체가 거대
한 '식충섬'이었던 것이다. 몇 개월 동안 거대한 벵골 호랑이
한 마리와 함께 동고동락하며 태평양 한가운데를 표류한 파
이에게 환상의 오아시스가 되어준 이 섬은 사실 모든 생물
을 시체로 만들어버리는 거대한 연못이 있는 섬이었다. 그
는 결국 이 섬에서 편안히 죽기보다는 이곳을 떠나 저 무서

운 운명과 맞서 싸우기로 결심한다. "이 살인마 같은 섬에서 육체는 편하고 정신은 죽은 쓸쓸한 반쪽 인생을 사느니, 내 삶을 찾아서 여길 떠나 죽는 편이 낫겠다." 이 섬에서의 생활이 인생에서 마지막으로 경험하는 쾌락일지도 모르는데, 이 마지막 오아시스마저 버려야 한다. 파이는 달콤한 안락 자체가 지옥이 될 수 있다는 것을 깨닫는다. 사람은 지옥 같은 고통 때문에 죽기도 하지만 천국 같은 쾌락 때문에 죽기도 한다. '반드시 돌아가야 할 곳'이 있는 사람은 눈앞의 달콤한 쾌락을 등 뒤로 할 수 있다. 오디세우스가 아름다운 칼립소와 함께 원하는 것은 모두 마음대로 할 수 있는 쾌락의 동굴에서 7년이나 살았지만, 결국 아내와 아들이 기다리고 있는 고향 이타카를 잊지 못했듯이.

이런 상황에서도 리처드 파커를 버리지 않은 파이는 또 여러 날을 물결 따라 표류하다가 마침내 멕시코 해안에 상륙한다. 조난사에서 가장 긴 시간, 무려 227일간 홀로 바다 위에서 살아남은 기적의 소년 파이. 마침내 '살았다'는 것을 깨달은 파이는 아이처럼 흐느낀다. 사람을 본 것이 감동적이기는 했지만, 그가 울음을 터뜨린 까닭은 호랑이 리처드 파커가 아무 인사도 없이 그를 버리고 떠났기 때문이다. '고

맙다'라고 인사를 하는 것, 이제 마지막이니 '안녕'이라고 말
하는 것은 인간의 문화이기에. 야수였던 리처드 파커는 동
물의 본성으로 그만의 작별을 한 것이었다. "리처드 파커, 다
끝났다. 우린 살아남았어. 믿을 수 있니? 네게 도저히 말로
표현 못 할 신세를 졌구나. 네가 없었다면 난 버텨내지 못했
을 거야. 정식으로 인사하고 싶다. 리처드 파커, 고맙다. 내
목숨을 구해줘서 고맙다. 이제 네가 가야 될 곳으로 가렴. 너
는 평생을 동물의 제한된 자유 속에서 살았지. 이제 밀림의
제한된 자유를 알게 될 거야."

  그가 227일간의 긴 여정을 마치고 오자 사람들은 하나같
이 궁금해한다. 도대체 어떻게 살아남았느냐고. 그가 '호랑
이와 한배를 타고 함께 살아남았다'는 이야기를 해주자 누
구도 그를 믿지 않는다. 사람들은 현실 논리에 위배되지 않
는 이야기, 더 높거나 더 멀리 꿈꾸지 않는 이야기, 부풀리지
않은 메마른 '팩트'를 원한다. 동물이 나오지 않는 이야기,
그저 인간들만의 이야기를. 그제야 파이는 제리코의 그림
「메두사의 뗏목」처럼 삭막하고 참혹한 생존의 이야기를 꺼
내기 시작한다. 배에서 뛰어내리다가 다리가 부러진 선원,
자기가 살아남기 위해서라면 살인조차 서슴지 않는 프랑스

인 요리사, 사랑하는 어머니, 그리고 자신의 이야기를. 선원
의 다리를 낚시 미끼로 쓰기 위해 살아 있는 사람의 다리를
잘라낸 요리사는 마침내 선원을 죽이고, 그 시체까지 먹어
치웠으며, 존엄을 지키려 저항하는 어머니마저 살해했으며,
분노한 '나'는 안간힘을 다해 그 프랑스인 요리사를 죽였다
고. 그리고 살아남기 위해, 그 요리사의 인육을 먹었다고.

    그러니까 선원은 얼룩말이고, 어머니는 오랑우탄이고, 요
리사는 하이에나고, 파이는 호랑이였던 것이다. 227일 동
안 바다 위를 표류한 파이의 간절한 소원은 바로 '이야기책'
을 한 권 갖는 것이었다. 아무리 읽어도 결코 끝나지 않는 이
야기가 담긴 책. 읽고 또 읽어도 매번 새로운 이야기의 힘을
느낄 수 있는 책. 구명보트에는 성서조차 없었던 것이다. 사
람들은 '동물이 나오지 않는 정상적인 이야기'를 원했지만,
온갖 동물들이 나오는 그 이야기야말로 인간의 존엄을 잃
지 않기 위해 파이가 붙잡아야 했던 소중한 환상이 아니었
을까. 파이는 희망 없는 삶 속에서 한 줌의 구원 같은 이야기
책 한 권이 필요했고, 비로소 자신의 참혹한 생존 투쟁을 '하
나의 이야기'로 만들었는지도 모른다. 신에 대한 믿음을 지
키기 위해, 인간에 대한 사랑을 잃지 않기 위해, 그는 자신을

아름다운 이야기의 주인공으로 만든다. 어쩌면 이 소설은
'이야기의 기원'에 대한 이야기가 아닐까. 아무런 사랑도 희
망도 믿음도 없는 공간. 그곳이야말로 이야기의 불꽃이 우
리 삶에 마지막 온기를 전파해줄, 간절한 구원의 장소이니.
아무런 희망도 기대도 구원도 없는 장소에서, 한 소년이 생
각해낸 '감동적인 이야기'는 그 누구도 아닌 바로 자신을 구
해낼 구원의 동아줄이었던 것이다. 이야기가 있는 한, 우리
는 우리 자신을 구할 마지막 카드를 움켜쥐고 있는 것이다.
우리가 겪은 고통을 '이야기'로 빚어낼 수 있다면, 우리는 우
리 자신을 새로운 모습으로 창조해낼 내면의 황금 열쇠를
손에 쥐고 있는 것이 아닐까.

무엇으로도
위로가
되지
않을
때

의연한 사람이 되기가 참으로 어려운 시대다. 연일 충격
적인 뉴스로 마음이 진정되지 않는 요즘이 더욱 그렇다. 세
상이 이토록 시끄러운데, 저마다 차분한 마음을 가지기는
얼마나 어려운가. 이렇듯 무엇으로도 위로가 되지 않을 때,
나는 나보다 훨씬 큰 고통을 감내했던 사람의 글을 읽곤 한
다. 예컨대 고故 윤성근 시인이 대장암으로 투병을 하며 지
은 시들을 읽다 보면 내가 겪고 있는 지금의 충격이나 슬픔
이 상대적으로 작아지는 것을 느끼게 된다.

윤성근의 시 「고통의 마스터」(『나 한 사람의 전쟁』, 마음산책,
2012, 38쪽. 이하 같은 책 인용.)는 이렇게 시작된다. "고통의 대가
가 되는 방법을 아시나요?" 가슴이 덜컥 내려앉는다. 고통
을 아무리 많이 겪어도 고통의 대가가 될 수는 없을 것 같다.

"자식 먼저 보낸 고통 / 병들고 근육이 사라지는 앉은뱅이 누이의 아들과 / 보행기에 의존해서 걷는 게 싫다는 아이를 때리면서 함께 우는 엄마의 표정"을 지켜보며, 아무리 고통을 겪어도 고통에는 익숙해지지 않는 인간의 본성을 깨닫는다. "살 길도 / 죽일 길도 없어서 그래도 숨은 붙어 있어 코에 산소호흡기를 끼고" 있는 다 죽어가는 아들을 바라보는 한 아버지. 이런 환자와 그 가족들을 응시하며 시인은 그들이야말로 "고통의 마스터, 고난 극복의 천재들"이라고 말한다. 그들도 아프지만 않았다면, 눈부신 꿈을 가졌을 텐데. 더 나아지리라는 희망 없이 살아가는 이들은 고통의 마스터, 고난 극복의 천재가 돼 하루하루를 견디고 있다.

「나 한 사람의 전쟁」(106~107쪽.)이라는 시는 이렇게 시작된다. "세상은 거대한 전쟁터였고, 나는 부상당한 낙오병이더군." 병이란 그렇다. 아무리 옆에서 도와주더라도, 결국 나 한 사람의 전쟁처럼 지독한 외로움에 시달린다. 시인은 맛집 프로그램을 보며 목숨이 있는 생명체를 가마솥에 산 채로 데쳐버리는 모습에 충격을 받는다. 목숨을 그렇게 취급해도 되는 걸까. 다른 생명체의 죽음을 요리로 대체해도 되는 걸까. "나야 뭐 재활이 목적인 환자, 이 도시의 이방인 / 건강한 당신들의 세상에 잠시 살려 왔지만 / 감히 더불어 산다는 것은 꿈도 꿀 수 없지만", 시인은 너무 쉽게 생명체를 음식으로 바꾸는 인간의 잔인함을 아프게 곱씹으며 우리가 살아가는 방식이 과연 옳은 것인지를 차분하게 되묻는다.

「꺼진 불」(61쪽)이라는 시는 더욱 아름답다. 시인은 "죽음에 대해서도 농담을 하고", "의연하게 인격을 지키고 통증을 다스리고" 싶지만, "초연하고 싶고, 물러나 있고 싶고, 객관적으로 보고 싶"은데, 잘 안 된단다. "칭찬받는 환자"가 되고 싶은데, "난처한 물음도 안 던지고 / 회진이 늦어도 불평하지 않고" 싶은데, 자꾸만 초조해지고 불안해진다고. 왜 의연하고 차분해지는 것이 이토록 어려운 걸까. "그것이 나는 왜 안 되는가. 왜 안 좋아졌다고 / 삐치고, 차도가 있다는 그 말을 듣기 원하는가." "쿨하지 못하고", "농담도 못 받아넘기는" 자신이 참 싫다지만, 그렇게 솔직한 언어로 고백하는 시인의 마음이 참으로 해맑다.

아프지도 않은데 아픈 척하는 악어의 눈물이 너무 많은 세상에서, 아프면서도 아프지 않은 척 의연한 사람은 얼마나 아름다운가. 나는 의연해지고 싶다. 아픔 때문에 주눅 들

거나 무릎 꿇고 싶지 않다. 우리가 느끼는 이 시대의 아픔 또
한 반드시 지나가기를. 그 멀고 험한 길 위에서 부디 우리 모
두 좀 더 의연하고 의젓해지기를.

여울과
함께하는
하루

  "보람 씨, 우리가 한 번도 해보지 않은 것을 해봐요." 시월
의 밤, '월간 정여울'의 가닥이 잡히고, 연락을 주고받을 무렵
그녀가 한 통의 문자를 보냈다. '여울과 함께하는 하루'라는
특집을 만들어 온종일 같이 지내며 자신이 무엇을 보고 듣
고 말하고 느끼는지 취재하고, 한 편의 글을 써보라는 제안
이었다. 그렇게 12월 29일, 우리는 첫 만남을 가졌다. 그러나
어느덧 '월간 정여울'의 두 번의 마감을 마친 후에도, 나는 여
전히 무언가를 써내지 못하고 있었다.

  늦은 저녁, 여울은 느닷없이 내일 시간이 괜찮은지 물었
다. 전시회와 영화를 함께 보자고. 시간과 장소는 예술의 전
당 오후 4시, 그다음은 광화문에서의 「러빙 빈센트」. 나는 어
떤 전시회를 보게 될지 예측할 수 없었고, 영화의 소개는 일

부러 찾아보지 않았다. 지난가을, 그녀의 대학에 찾아갔을 때, 교정의 나무들은 알록달록 제 빛깔을 뽐내고 있었고, 하나의 나무, 하나의 나뭇잎임에도 뚜렷한 경계 없이 조금씩 물들어가는 서로 다른 색은 아름다웠다. 그런데 바스락바스락 낙엽을 밟으며 산책하는 동안 여울은 내게 똑같이 아름답지 않느냐고 말했다. 색색이 물들어가는 이파리들을 가리키면서. 그러고는 휴대폰 사진을 쓱 내밀었다. "한 번도 청무밭을 실제로 본 적은 없어요. 김기림의 「바다와 나비」로만 알았는데. 근처에 이런 곳이 있더라고요. 요즘은 시를 외워야 할까 봐요. 감수성이 메말라가는 느낌이거든요." 나는 그때의 기억으로 '여울과 함께'라면 무엇이든 좋으리라는 마음을 품었다.

그날은 미세먼지 탓에 내내 뿌옇고 텁텁한 느낌을 주었지만 날이 풀려 걷기에는 좋은 날이었다. 조금 이르게 도착하여, 예술의 전당 공간들을 살피는데 여울에게서 연락이 왔다. 30분 정도 늦을 거라고, 미안하다고. 나는 그 30분이나마 타인의 시간이 아니라, 온전히 내 시간을 보낼 기회라고 여겼다. 주말에는 돌아올 월요일 생각에, 출근해서는 처리해야 할 업무에, 앞으로의 일정에…… 현재를 깜빡, 지나치는 일이

잦았기 때문이다. 문자는 몇 차례 다시 왔다. 조금만 기다려
달라, 곧 만나자. 잠깐이더라도 홀로 기다리게 하는 데 마음
을 쓰는 다정한 사람이구나 싶었다.

덜어낼수록
드러나는 것들

　　　　　　전시회는 '알베르토 자코메티 한
국 특별전'이었다. 장막을 걷고 어두컴컴한 전시회장으로
들어서자, 영상과 벽에 그의 생애가 찬찬히 펼쳐졌다. 여울
이 말문을 열었다. "소더비 경매에서 「걸어가는 사람」이 피
카소를 뛰어넘는 세계 최고가로 낙찰돼 더욱 유명해졌지만,
자코메티는 현대인의 어떤 본질적 고독과 불안을 그려낸 것
같아요. 우리는 보통 뭔가를 계속 가져다 붙이고 더하려 하
지만, 그는 자꾸 덜어내고 빼면서 작업을 했죠. 「고도를 기
다리며」 무대 디자인도 했구나. 역시 공간을 볼 줄 아는 사
람이었네요." 그때까지만 해도 내 머릿속에는 온통 '취재'라
는 것을 해야 한다는 일념으로 가득 차, 우선 그림자처럼 찰
싹 붙어 있겠노라고 했다. "부르델에게 사사했구나. 부르델

은 굉장히 육체파인데요. 근육이 살아 있는 듯하고, 생동감 넘치는 작품들을 만들어냈어요. 그리스 조각처럼. 그런데 자코메티는 스승이었던 부르델의 정반대에 섰던 거죠. 관능을 볼륨에서 찾는 게 아니라 더 간단해지면서요."

동선을 옮겨 밝은 안쪽 공간으로 향하자, 그곳에는 범상치 않은 아우라를 풍기는 백발의 단발머리 할아버지도 계셨고, 오디오 가이드를 나누어 낀 젊은 연인이 두 손을 꼭 잡고 한 작품을 오랫동안 바라보기도 했다. 전시는 자코메티가 어린 시절 그린 그림, 조각상, 자라난 마을과 가족사진 등에서부터 시작되었다. "크로키나 스케치가 멋지네요. 조각상만 주로 봤는데 만들기까지의 과정을 볼 수 있어서 좋은 것 같아요. 이렇게 풍부한 색채를 쓸 줄 아는 사람이었는데, 색채도 볼륨도 버리고 미니멀리즘으로 간 게 대단하네요. 아버지 두상 때만 해도 별로 특징이 없었는데, 어머니 때는 이렇게 납작해지면서 간결해졌고요."

전시회장 안에는 클래식 음악이 계속 흘렀는데, 여울은 발걸음을 내디디며 허밍으로 흥얼거렸다. 나는 그 모습이 낯설고도 기분이 좋아 보여, 지금 멜로디 따라 한 것 아니냐고

물었다. 그러자 "어머, 내가 그랬어요? 예술이 필요했나 봐
요. 예술의 아름다움이. 방금은 가브리엘 포레의 「시칠리안
느」였어요" 하고 수줍게 답했다. 우리는 천천히 작품 속으로
빠져들었고, 어느새 서로가 눈여겨보는 것이 달라지면서 멀
어졌다.

"계속 보고 있으면, 제가 살아 있다는 것, 서 있다는 것 자
체가 굉장한 일처럼 다가와요. 얼굴은 진짜 해골 같고, 육체
는 흘러내리고요. 척추뼈 하나하나가 뾰족뾰족 생생해요.
'머리를 보면 해골이 보인다'라니, 자코메티는 한 사람을 응
시하더라도, 그 너머의 무언가를 보려 했나 봐요."

"그렇죠, 보람 씨. 해골 같다는 건 삶 속에 깃든 죽음을 보
려 했기 때문인 것 같아요. 자코메티는 제1, 2차 세계대전을
모두 목격했고, 또 갑작스러운 죽음들을 보았으니까. 방금
살아 있던 것이 오늘 죽을 수도 있다는 데서 오는 깨달음, 생
명체의 허약함을 많이 느꼈겠죠. '바니타스'도 그가 좋아했
던 주제였고. 점점 더 길어지고 앙상해지면서 형태가 뼈밖에
안 남았죠. 못 위에 올라갈 수 있을 정도로 작아진 것들은 조
금만 건드려도 금세 부서질 것 같고요."

이윽고 우리는 「걸어가는 사람」(1960)이 서 있는 '침묵과 묵상, 기도의 방'에 들어섰다. 이 작품은 전 세계에 여섯 개만이 캐스팅되었는데, 이번 전시에서 오리지널 석고 조각의 유일한 원본이 아시아 최초로 공개된 것이라고 했다. 숨이 막힐 듯 깜깜한 방, 머리 위에서 떨어지는 조명만이 「걸어가는 사람」을 비춰주고 있었다. 여울은 보자마자 무언가에 홀린 듯 압도당한 듯, 마련된 방석에 털썩 주저앉았다. 그러고는 심연 같은 어둠 속 눈부신 빛 아래에 선 그를 오랫동안 바라보았다. 얼굴에는 표현할 수 없는 어떤 벅차오름이 피어오르고 있었다. 그 공간엔 오직 「걸어가는 사람」과 마음을 쿵쾅거리게 하는 예술 작품의 경이로움을 온몸으로 받아들이는 그녀 둘만이 존재하는 듯했다. '무엇을 느끼고 있는 걸까?' 그러나 나는 뒤로 물러나 조용히 기다리기로 하였다. 그녀에겐 작품을 마음속에 새길 시간이 필요한 듯 보였고, 우리는 잠시 말없이 걸었다.

기회가 주어지지
않았다 할지라도

광화문으로 향하는 길, 여울은 지
하철 안에서부터 "어디로 가야 하지?" 하며 휴대폰의 지도
앱을 만지작거렸다. 어쩐지 초조해 보이는 모양새였다. 문
제는? 역에 내려서도 가까이 위치한 영화관을 찾지 못했다
는 것! 하늘은 이미 어둑해졌고, 낮 동안 사람들이 쏟아져 나
왔을 골목은 한산했다. "여기다!" 요리조리 헤맨 후 방향을
잡자, 그녀는 함박웃음을 터뜨리며 빠르게 종종걸음 쳤고,
나는 그 모습을 지켜보며 '와, 책에서 길치라고 고백하더니
진짜였어! 여행은 어떻게 다녔지?' 하고 몰래 키득거렸다.

「러빙 빈센트」는 고흐가 자살하고 난 뒤에서부터 이야기
가 시작된다. 아를의 모든 사람들은 고흐가 미치광이라며,
그를 추방하기 위해 서명운동을 벌일 만큼 잔혹했다. 아이들
조차 돌을 던질 정도로 그를 향한 마을 전체의 몰아세움은
가슴을 서늘하게 할 만큼 매서운 것이었다. 그곳에서 고흐가
테오에게 보낸 숱한 편지를 배달하며 유일하게 그를 보살폈
던 우체부 룰랭 아저씨는 아들 조셉에게, 뒤늦게 발견된 고
흐의 편지를 꼭 전해달라고 부탁한다.

욱하는 성질에 곧잘 주먹다짐을 벌이던 조셉은 왜 잘 알

지도 못했던 죽은 사람의 편지를 배달해야 하는지 반감을 품지만, 결국 기차에 몸을 싣고 수소문 끝에 고흐가 생을 마감한 오베르 쉬르 우아즈에 당도한다. 그런데 그곳에서 고흐를 둘러싼 이야기는 상반되었다. 누군가는 그가 '악마'였으며 문제만 일으키는 존재였다고 했지만, 누군가는 그를 예의 바르고, 친절한 사람이었다고 증언한다. 편지의 주인을 되찾아주기 위해 떠난 여정에서, 조셉은 고흐에게 무언가 석연치 않은 것이 있음을 직감한다.

고흐가 숨을 거둔 2층 작은 방에 누워 잠을 청했을 때, 파이프를 문 고흐의 그림자가 점점 조셉의 몸 위로 드리우고, 그는 꿈속에서 고흐가 된 듯, 총에 맞아 피를 흘린다. 점점 더 고흐를 궁금해하고, 그의 죽음에 집착할수록 조셉에게는 작은 변화가 생겨난다. 그는 사람들이 고흐와 친한 사이인지를 물을 때마다 강하게 부인하곤 했다. "아뇨, 그는 나의 친구가 아닙니다. 내 아버지의 친구입니다." 그러나 고흐를 심하게 놀리는 부잣집 10대들을 보고도 가만있던 뱃사공, 가셰 박사와의 불화를 알았지만 적극적으로 나설 일은 아니었다고 말하는 마르그리트, 헛간에서 총성은 들었지만 들여다볼 필요를 못 느꼈다던 동네 아저씨를 만나면서 그는 결국 울분을

토해내고 만다. "왜 모른 척했느냐"라고. 조셉은 고흐가 황
금빛 밀밭에서 어떻게 스스로 복부에 총을 쏠 수 있었는지
재연해볼 만큼 고흐 그 자체가 되어가고, 술에 취한 밤, 마을
에서 괴롭힘을 당하는 바보를 위해 싸워주기에 이른다. 고흐
가 살아 있을 때 그를 지켜주지는 못했지만, 같은 곤경에 처
한 사람을 도움으로써 대신하려는 마음처럼. 그리고 어느새
조셉은 자연스레 이야기한다. "나의 친구 고흐"라고.

  고흐는 살아생전 테오에게 꼭 자기를 만나러 와달라고 여
러 통의 편지를 보냈음에도, 자신이 결코 먼저 찾아가지는
않았다고 한다. 누군가 자신의 외로움과 아픔을 알아봐주기
를 바라지만, 그만큼 선뜻 다가갈 수 없는 이의 드러나지 않
은 속내가 아릿했다. 그것은 오래전 고흐만이 아닐 테니까.
그래서일지 모른다. 식사하던 도중 그에게 닭을 그려달라며
무릎에 앉은 어린 소녀를, 자신에게 방해가 될까 데려가려
할 때 "괜찮은데, 정말 괜찮은데……" 하며 읊조리던 그 말과
쓸쓸한 눈빛이 이토록 선연한 것은.

  영화는 추리소설처럼 고흐의 죽음에 관한 단서들을 플래
시백을 통해 보여주지만, 결국엔 그것이 중심 사건이 아니

었음을 깨닫게 한다. 고흐를 죽인 범인이 따로 있으리라 확신하며, 절대로 외로워 자살하지는 않았을 것이라 믿고 싶은 조셉에게 마르그리트는 차분한 눈빛으로 묻는다. "당신은 그의 죽음에 관해선 그렇게 알고 싶어 하면서, 그의 삶에 관해선 뭘 알고 있죠?" 질문은 날카로웠지만, 어쩌면 이것은 감독이 우리 모두에게 던지는 애틋한 메시지가 아니었을까. 고흐가 스스로 귀를 잘라낸 후 아무도 그에게 기회를 주지 않았지만, 그는 결코 굴하거나, 멈추지 않았다고. 오직, 그림을 향한 순수한 열망만을 품고 살아갔다고.

「별이 빛나는 밤에」가 흐르고 영화의 엔딩 크레디트가 올라가자 여울은 이내 눈물을 훔쳤다. 이후 밝은 곳으로 나와 옷매무새를 만지고 있을 때, 한 여성 분이 다가와 "정여울 선생님 아니세요? 진짜 맞네요!" 하며 기쁘게 인사를 건넸다. 강연회에서 뵈었는데, 또 다른 강연회에 참석하지 못해 미안하다고. 여울은 "안 오셔서 저도 궁금했어요" 하며 환히 맞았다. 상영관을 빠져나오는 그 찰나에 멀리서 한눈에 알아보고 달려온 모습도, 또 그분을 기억하며 안부를 묻는 모습도 신기할 따름이었다. 기적 같은 조우를 바라보며, 나는 오늘의 우연에 감사하기로 했다.

"영화에 나온 모든 주인공이 다 실제 사람들인 거죠? 아니
면 영화적 요소를 가미한 걸까요?"

"상상이 많이 깃들었지만 대체로는 맞아요. 룰랭 아저씨
나 파리 화방의 탕기 씨를 많이 따랐던 것도요. 특히나 가셰
가 한 짓들이 참, 미워요. 총알을 빼줄 수도 있었을 텐데."

"어쩌면 그는 실은 고흐만큼 모든 것을 내바치면서 매달
릴 자신이 없었기 때문 아닐까요. 그래서 더욱 병적이고 불
안정하고, 질투에 사로잡혔을지도요. 훌륭한 감식안을 지녀
서 고흐를 보고 찬탄하면서도, 자신은 그렇게 될 수 없음을
일찍이 알아챈 것은 아닐까 하고요. 포기였을까요. 또……."

여울은 자신의 말보다 나의 이야기에 귀 기울이는 데 더
정성을 쏟았다. 나는 예전부터 그녀가 왜 고흐를 사랑하는지
궁금했는데, 미처 묻지 못했다. 어쩌면, 같은 영혼의 떨림을
가진 예술가라는 마음 때문일까. 내게는 하루에 한 문장이라
도 썼다면 그날은 작가였고 그렇지 않은 날에는 작가가 아
니었다는 치열함으로 매일 읽고 쓰며 살아가는 여울과 폭우
를 흠뻑 맞으면서도 온 힘을 다해 자신이 바라보는 것들을

화폭에 담아내었던 고흐가 겹쳐 보였다. 아무도 알아주지 않을지라도, 그렇게 조금씩조금씩 밀고 나아가려는 몸짓이 같게 느껴진 것이다. "난 내 예술로 사람들을 어루만지고 싶다. 그들이 이렇게 말하길 바란다. 마음이 깊은 사람이구나. 마음이 따뜻한 사람이구나"라는 고흐의 바람은, 여울의 다짐과 닮아 있었다.

　광화문 지하보도로 들어선 우리는 수다를 떨다 그만 또 길을 잃어버렸다. 들어온 입구와는 달랐지만 그렇다고 목적지로 향하지도 않는 그 어딘가에서. 한참을 깔깔거리다 지하철에 몸을 실었지만, 그날 그렇게 함께 길을 잃는 시간들이 좋았다.

글쓴이 | 홍보람, '월간 정여울'의 책임 편집자입니다.

아픔을
극복해내는
인간의
용기에
관하여

아파도

눈 꽉 감고

참아 내기

가려워도

이 악물고

버텨 내기

나와 상처의

줄다리기

지면 흉터가 남는다

이기면 새살이 돋는다

— 김응, 「상처」, 『똥개가 잘 사는 법』, 창비, 2012, 23쪽.

 아파도 두 눈 질끈 감고 참아내면 상처가 없어질까. 가려
워도 이를 악물고 버텨내면 가려움이 사라질까. 대부분 작
은 상처는 그렇다. 하지만 어떤 상처는 그렇게 꾹꾹 참는다
고 해서 없어지지 않는다. 아무리 다독이고 쓰다듬어도 지
워지지 않는 상처, 우리가 살아 있는 한 좀처럼 치유되지 않
는 상처도 있다. 상처와 나의 줄다리기에서 패배하면 흉터
가 남고, 상처와 나의 줄다리기에서 승리하면 새살이 돋는
다는 것은 맞다. 하지만 흉터 없는 삶이 있을까. 흉터가 좀
남아도, 새살은 끝내 돋는다. 상처 입은 피부 표면에는 새살
과 흉터가 공존한다. 흉터가 전혀 없이 말끔한 새살만 남는
경우도 있지만, 흉터는 남고 새살은 새살대로 돋아 울퉁불
퉁한 경우도 있다. 어쩌면 삶이라는 것 자체가 흉터와 새살
의 공존이 아닐까. 흉터 따위는 전혀 찾아볼 수 없는 매끈한
삶이라면 얼마나 좋을까마는, 우리는 상처에 저항하고, 때
로는 상처에 굴복하며, 상처와 함께 세상을 헤쳐 나아간다.

 김응 시인의 「상처」처럼 "나와 상처의 줄다리기"에서 승

리하는 삶을 꿈꿔도 좋겠지만, 나는 이제 아프면 아프다고
이야기하고, 슬프면 슬프다고 털어놓는 사람들이 부럽다.
너무 엄살을 부려서는 안 되겠지만, 너무 참고 억누르기만
하는 삶을 권유하고 싶지는 않다. 상처에 관한 한, 두 가지
결정적인 문제가 있다. 첫째, 어떻게 상처를 견디고 상처로
부터 회복될 것인가. 둘째, 상처를 견디고 아파하는 동안, 우
리는 무엇을 할 것인가. 첫 번째 문제는 수많은 철학자, 심
리학자, 예술가가 오랫동안 골몰해왔던 문제다. 상처로부터
회복되는 힘을 외부의 도움이 아닌 자기 내부에서 찾는 노
력의 핵심이 바로 '회복 탄력성resilience'이다. 회복 탄력성은
상처를 단지 망각하는 힘이 아니다. 오히려 상처를 잊지 않
으면서도 상처로부터 무언가를 배울 수 있는 능력, 나아가
끝내 자신의 힘으로 상처를 극복할 수 있는 힘이다. 어떤 사
람은 심각한 사고나 재난을 겪고도 어느 정도의 시간이 지
나면 상처를 극복하고 살아가지만, 어떤 사람은 마치 트라
우마에 영원히 결박된 것처럼 아픔을 극복하지 못한다. 학
자들은 이 차이를 뇌의 '회복 탄력성'에서 찾았다. 물론 회복
탄력성은 비타민이나 인체 기관처럼 물질적인 요소는 아니
다. 누구나 최선을 다해 노력한다면, 누구나 타인의 도움과
내면의 에너지를 긍정적으로 활용한다면, 충분히 자력으로

얻어낼 수 있는 정신의 탄력이다. 상처와 줄다리기를 하다가 마침내 내가 승리하는 순간, 우리는 회복 탄력성이라는 정신의 에너지를 충전할 수 있게 된다.

그런데 두 번째 문제, '상처를 견디고 아파하는 동안, 우리는 무엇을 할 것인가' 하는 문제는 충분히 논의되지 않는 것 같다. 드라마에도 영화에도 상처를 견디고 난 뒤의 성공적인 극복의 결과가 강조될 뿐, 그 지난한 극복의 과정은 아주 짧게 생략하거나 축약하여 보여줄 때가 많다. 하지만 나는 바로 그 '상처를 극복하는 과정' 속에서 '우리가 무엇을 할 것인가'가 진정으로 중요한 문제라고 생각한다. 아픔을 표현하는 방법, 아픔을 견디는 방법, 아픔 속에서 무언가 소중한 메시지를 찾아내는 방법은 매우 중요하지만 아무도 제대로 가르쳐주지 않는다. 꼭 상처받은 순간이 아니더라도, 상처를 받은 이후에 또는 상처받지 않은 평상시라도, 우리는 상처를 향해 어떤 태도를 가져야 할까. 이런 고민을 하던 중에 13세기 이슬람 시인 루미Rumi의 「여인숙」이라는 시를 만났다. 이 시 속에서 나는 '상처 때문에 가슴앓이를 할 때, 우리는 과연 어떻게 살아내야 할 것인가'라는 문제를 비로소 해결할 수 있는 실마리를 찾았다.

인간은 저마다 여인숙이다

아침마다 손님이 찾아온다

기쁨, 우울, 비열,

순간적인 깨달음이 찾아온다

뜻밖의 손님으로

모든 손님을 환영하고 대접하라!

슬픔이 때로 몰려와

그대의 집을 거칠게 휘젓고 다니며

가구를 전부 내다 버리더라도,

그럴지라도, 손님마다 극진히 대접하라

그들은 그대가 새로운 기쁨을 받아들이도록

그대의 집을 깨끗이 비우고 있을지도 모르는 일이니

어두운 생각, 부끄러움, 악의,

문가에서 활짝 웃으며 그들을 반기고

집 안으로 모셔라

누가 찾아오든 감사하라

모든 손님은 그대를 이끌어주기 위해

저 너머 저 먼 곳에서 보낸 분들이니

당신이 상처 때문에 길을 잃고 방황할 수도 있다. 우리가 깊은 상처 때문에 소통하지 못하고, 아무리 서로를 이해하려 노력해도 영원히 만날 수 없는 평행선처럼 살아갈 수도 있다. 하지만 상처보다 더 무서운 것은, 그 상처를 통해, 그 고통을 통해 아무것도 배우지 못하는 것이다. 시인 루미의 「여인숙」은 '나를 아무리 아프게 하는 사람이라도, 나를 아무리 고통스럽게 하는 상처라도, 온몸을 다 바쳐 기쁘게 맞아들이라'라는 메시지를 감동적으로 전한다. 달면 삼키고 쓰면 뱉는 태도야말로 정신의 성장을 가로막는 과도한 자기방어다. '나에게 손해를 끼치는 것은 절대로 받아들이지 않을 거야'라는 과잉된 자기방어야말로 상처로부터 아무것도 배우지 못하는 정신의 미성숙을 초래한다. 착한 손님이든 심술궂은 손님이든, 아무런 차별 없이 똑같은 친절로 맞아주는 마음 넉넉한 여인숙의 주인처럼, 그렇게 우리 마음을 활짝 열자. 아픔으로부터 도망치기 위해 모든 외부의 자극을 차단하는 것이야말로 가장 어리석은 선택이다. 나를 가장 아프게 하는 존재야말로 나를 가장 성숙하게 만드는 최고의 스승일 수 있다. 세상의 기쁨과 축복은 물론 세상의 슬픔과 고통까지도 남김없이 받아들이는 드넓은 마음이야말로 어떤 우울증 치료제보다도 강력한 자기 구원의 열쇠다.

Me too,
당신은
혼자가
아니니
외로워하지
말기를

타인의 슬픔에 격한 공감을 표현하는 언어에는 필연적으로 수많은 상처의 흔적들이 기입되어 있다. 당신이 아프니나 또한 아프다는 것, 당신이 지금 느끼는 슬픔이 내가 과거에 느꼈던 슬픔과 똑같다는 것을 표현하는 따스한 공감의언어가 바로 '미투Me too'다. '미투 운동'이 본격화하기 시작한 뒤, 내 마음속에는 이제 다 잊은 줄로만 알았던 수많은 상처의 역사가 수천 개의 블록으로 이루어진 도미노처럼 와르르 연쇄적으로 무너져 내리기 시작했다. 여자아이들의 치마를 들추며 '아이스케키'라는 괴상한 비명을 지르던 남자아이들, 그것이 너무 싫어서 바지를 입고 나가면 바지마저 벗겨버리고 깔깔거리며 박수를 쳐대는 남자아이들의 잔인한미소가 떠올랐다. 지하철에서 잠깐만 졸아도 어느새 몸을더듬던 옆자리 남성의 음흉한 손길, 매트에서 '앞구르기'를

가르친답시고 대놓고 모든 여자아이들의 엉덩이를 차례차
례 만지던 체육 선생님, 문제 풀이를 도와준답시고 여학생
들의 귓불이나 머리카락을 만지작거리며 치근대던 수학 선
생님, 세미나 뒤풀이를 한답시고 노래방에 가서 여학생들에
게 '블루스'를 추자며 끈적끈적한 눈길을 보내던 교수와 선
배들. 한 편의 글에 나열하기도 벅찬 그 수많은 악몽이 일제
히 소리를 지르며 깨어났다. '미투'라는 두 음절과 함께.

　이제 와서 상처를 치유할 수도 없고, 뒤늦게 복수를 할 수
도 없으니, 차라리 잊어야지, 곱씹어 생각하면 나만 손해지,
내가 운이 나빴던 거야, 이런 식으로 스스로를 포기시키며
그저 꼭꼭 감춰두기만 했던 수많은 상처가 '미투'라는 마법
의 주문과 함께 불려 나와 기지개를 켜기 시작했다. 미투 운
동이 본격적으로 확산되기 시작했을 때, 나는 본능적으로
이 운동을 '나도 당신의 슬픔과 분노에 공감합니다'라는 뉘
앙스로 이해했다. 미투라는 고백에는 피해자의 억울함을 호
소하는 의미도 있지만 '당신 혼자서만 싸우는 것이 아니다,
나 또한 당신의 싸움에 동참하겠다'라는 의지를 표현하는
느낌이 더 강했다. '당신은 피해자이지만, 결코 당신의 잘못
이 아니다, 스스로를 자책하지 마라'라는 의미도 들어 있다.

그런데 얼마 후 '미투'를 '나도 당했다'로 번역하는 기사들을 보고 흠칫 놀랐다. 미투를 나도 당했다라고 규정해버리면, 그것은 미투 운동의 진정한 본질을 왜곡하는 것이 아닐까. 나도 당했다라는 번역에는 피해자의 억울함, 가해자의 악행에 대한 폭로의 의미가 더 강하게 묻어 있다. '나 또한 당신의 아픔에 공감합니다'라는 느낌을 통해 숨죽이고 있는 다수의 피해자에게 강한 연대를 호소하는 설득의 의미가 사라져버리는 것이다. 미투의 핵심은 '공격적 폭로'가 아니라 '연대와 공감'의 표현이다. 가해자를 사회의 심판대에 세우는 것도 중요하지만, 다시는 그런 일이 일어나지 않도록 어린아이들부터 철저히 성교육을 시키는 것도 중요하다. 성교육의 내용에는 '이성과의 모든 접촉을 경계하고 조심해야 한다'는 식의 강박관념이 아니라 '모든 사랑의 표현에는 본질적으로 존중과 배려가 포함되어 있어야 한다'는 더 깊은 공감의 메시지가 들어갔으면 좋겠다. 미투 운동은 단순한 폭로와 고발에 그쳐서는 안 된다. 미투는 궁극적으로 더 용감한 행동, 더 따스한 공감, 더 적극적인 치유를 지향해야 한다.

당신이 혼자 아픔을 견디며 '내가 재수가 없었구나'라고 생각하지 말기를. 당신이 재수 옴 붙은 것이 아니라, 당신이 똥을 밟은 것이 아니라, 당신을 그토록 홀로 외롭게 고통받게 만든 그 사람, 이 사회, 이 분위기가 나쁜 것임을 잊지 말았으면. 혹시 일부 남성이 '미투 운동'을 평범한 남성에 대한 극단적 페미니스트의 난데없는 공격이라고 생각한다면, 무엇이 본질인지 다시 생각해주길 바란다. 이것은 남성 대 여성의 싸움이 아니다. '폭력으로 권력을 유지하려는 사람들' 대 '폭력을 당했음에도 불구하고 결코 굴하지 않은 사람들' 사이의 싸움이다.

미투 운동을 벌여서라도 여성을 향한 모든 폭력과 맞서 싸우려는 사람들의 진짜 의도는 남성을 '잠재적 가해자'로 만드는 것이 아니라, 남성조차도 '미래의 진정한 동지'로 만드는 것이다. 미투 운동의 확산에 조금이라도 '뜨끔'하거나 '헉'하는 느낌이 드는 남성이라면, 당신이 단지 남성이라서가 아니라 당신이 남성이라는 이유로 여성을 한 번이라도 비하한 경험이 분명히 있기 때문에 그러한 것이다. 미투 운동을 비난하는 사람들의 마음 깊은 곳에는 '나도 고발당하면 어쩌나' 하는 공포와 '나도 어디선가 여성에게 그런 폭력을 저지른 적이 있지 않은가' 하는 죄책감이 깔려 있다. 더

많은 사람이 '미투'와 '위드 유with You'를 외칠수록, 더 많은
가해자가 밤잠을 설치며 자신의 사회적 지위를 잃지 않기
위해 몸부림칠 것이다.

　우리가 저항할수록, 세상은 분명 더 좋아진다. 미투는 멈
출 수 없는 저항의 불길이다. 아무리 피해 여성을 음해해도,
아무리 잔인하고 비겁한 악성 댓글로 여성의 자존감을 위협
해도, 미투 운동을 상징하는 흰 장미의 물결은 점점 더 확산
될 것이다. 당신이 여성이라는 이유로 견뎌온 모든 착취와
폭력과 부당함이 끝날 때까지. 당신이 남성이라는 이유로
합리화해온 모든 막말과 성희롱과 성폭력이 끝날 때까지.
미투, 그 단순하면서도 마법 같은 공감과 연대의 불길은 결
코 꺼지지 않을 것이다.

어느 날,
우리의
악몽이
되돌아올지라도

샤워 꼭지 밑에서 쏟아지는 더운 물줄기에 몸을 맡기고 섰다
가 섬뜩 놀랐다. 거울 속에 내가 없다. 수증기 탓에 거울이 흐려
졌기 때문이라고 알면서도 반드시 있으리라는 것의 사라짐은
두렵다. 나는 샤워기의 물을 잠그고도 한참을 그대로 거울을
보며 서 있었다. 차츰 수증기가 걷히고 맑아지는 거울면에 아
주 먼 곳으로부터 다가오듯 천천히 얼굴 윤곽이 살아났다. 잘
못 당겨진 천처럼 좌우 대칭이 깨진 얼굴. 그가 죽은 뒤 내게 미
미하게 나타난 변화.

  ─ 오정희, 「옛우물」, 『불꽃놀이』, 문학과지성사,
    2017, 42~43쪽.

가끔 거울을 볼 때 '이것이 과연 나인가' 하고 놀랄 때가 있다. 주름이 생겼다거나 기미가 앉은 것과 같은 객관적인 변화가 아니라, '지금 거울에 비친 저 모습이 정말 나란 말인가' 하는 지극히 주관적인 낯섦 때문이다. 오정희는 문득 우리 자신의 존재가 섬뜩해지는 순간, 나 자신이 낯설어지는 순간을 예민하게 포착한다. 남에게 보여주는 나와 숨겨야 하는 나를 철저히 구분하는 현대인들. 사회적 자아와 내면의 자아가 분명히 구분되는 현대사회에서는 불가피하게 '잉여의 자아'가 남게 된다. 수많은 자아 중에서 남에게 보이는 나를 뺀 후 남는 것들. 남에게 차마 보여줄 수는 없지만, 그래도 나만의 비밀로만 간직하고 살기엔 너무도 괴로운 나 자신의 모습. 그것은 부끄럽긴 하지만 끝내 끌어안아야 할 나 자신이다. 하지만 그 비밀을 '진정한 나'로 인정한다는 것은 쉬운 일이 아니다. 그 비밀은 끔찍하고, 창피하며, 일상을 파괴할 것만 같은 공포를 주기 때문이다.

오정희의 작품들은 바로 그렇게 쉽게 보여줄 수 없는 비밀에 대한 이야기로 그득하다. 「옛우물」에서 여주인공은 결혼한 상태지만 잊을 수 없는 한 사람을 품에 안고 살아왔다. 별 어려움 없이 안정된 가정생활을 꾸려가는 듯 보이지만,

오래전 사랑했던 사람이 죽었다는 사실을 알게 된 날부터
그녀의 일상은 송두리째 흔들리기 시작한다. 누구에게도 털
어놓을 수 없는 비밀이 이제 그녀의 마음속에서 폭발해버린
것이다. 그녀는 거울 속의 자신을 보며 섬뜩한 기분을 느낀
다. 수증기 때문에 얼굴이 잠깐 보이지 않는 순간이 마치 '나
자신이 사라진 듯한 공포'를 느끼게 만든 것이다.

  그를 사랑했지만 그와 함께할 수 없었던 그녀의 무의식은
어쩌면 질문하고 싶었던 것이 아닐까. '그가 죽는다 해도, 너
는 온전히 너 자신일 수 있니? 그가 이제 영원히 세상을 떠
났으니, 너 또한 사라질 위험에 처한 것이 아닐까?' 사랑했
지만 함께할 수 없었던 두 사람의 상처는 그녀의 얼굴에 기
이한 안면 비대칭으로 남는다. 남들은 알아볼 수 없지만, 그
녀 자신만이 알아볼 수 있는 미세한 변화. 그것은 아마도 그
의 죽음이 그녀에게 남기고 간 내밀한 마음의 칼자국이 아
니었을까. 거울 속 나와의 만남. 그것은 그와 함께할 수는 없
지만 그를 그리워할 수 있는 시간만은 남아 있다고 믿었던
자신과의 만남이기도 했다. 살아 있으면 언젠가는 만날 수
있으리라는 희망마저 완전히 사라지는 순간. 그녀의 내면은
폭발한다. 이제 그 간절한 그리움의 대상이 사라지자 '내가

누구인지'조차 알 수 없게 되어버린 것이다.

　그가 죽고 내 안의 무엇인가가 죽었다. 그것이 무엇인지 나
는 알지 못한다. 아마 알고자 하는 소망조차 없는 건지도 모
른다. 내게는 문득 걸음을 멈추고 상점의 진열창에, 슈퍼마켓
의 거울에, 물 위에 비치는 내 얼굴을 물끄러미 바라보는 습관
이 생겼다. 저녁쌀을 씻다가 문득 눈을 들어 어두워지는 숲이
나 낙조를 바라보는 시선 속에, 물에 떨어진 한 방울 피의 사소
한 풀림처럼 습관 속에 은은히 녹아 있는 그의 존재와 부재. 원
근법이 모범적으로 구사된 그림의, 점점 멀어져가는 풍경의 끝,
시야 밖으로 사라진 까마득한 소실점으로 그는 존재한다.

　— 오정희, 위의 책, 44쪽.

　「유년의 뜰」에는 한국전쟁이 계속되던 1950년대 초, 멀
리 산 너머에서 울리는 대포 소리를 들으면서도 아직은 평
범한 생활을 계속하고 있는 한 가족의 이야기가 펼쳐진다.
어린 소녀인 '나'에게 전쟁보다 더 격렬한 고통은 배고픔, 그

리고 아버지의 부재와 어머니의 외도다. 오빠는 언니의 밤
외출을 금지하고, 밤늦게 술에 취해 돌아오는 어머니를 노
려보며 아버지의 존재를 상기시켜보기도 하지만, '나'의 배
고픔과 외로움을 돌봐주는 사람은 아무도 없다. 가출을 했
다가 아버지에게 머리를 깎이고 감금된 채 지내다가 자살해
버린 '부네'의 삶은 '나'에게 엄청난 충격으로 다가온다. 그녀
의 죽음은 단지 '한 불행한 여자의 죽음'으로 객관화되지 못
하고, '어쩌면 나의 미래도 저럴지 몰라' 하는 공포로 다가오
는 것이다. 그러나 아버지가 돌아온다 해도 이 절망적인 상
황이 크게 바뀌지는 않을 것임을, 어린 소녀는 희미하게 예
감한다. 아버지가 돌아와 이토록 처참하게 망가진 가족들의
모습을 발견한다면, '전쟁 이후의 또 다른 전쟁'이 일어날 것
임을 어린 소녀는 본능적으로 느낀 것이다.

    그러나 아버지에 대한 정다운 기억, 기다림에도 불구하고 아
버지가 돌아온다는 사실에 우리는 모두 얼마쯤의 불안과 두려
움을 갖고 있었다. 매일 술 취해 돌아오는 어머니를 향해, 아버
지가 돌아오시면 뭐라고 하실까요, 차갑게 협박하는 오빠까지
도. (…) 아버지 역시 달라져 있을 것이다. 아버지가 우리를 떠나

있던 그 긴 시간의 갈피짬마다 연기처럼 모호히 서린 낯섦은 새
로운 전쟁으로 우리 사이에 재연될 것이기에 차라리 그립고 정
답게 아버지를 추억하며 희망 없는 기다림으로 우리 모두 아버
지가 영영 돌아오지 않기를 바라거나 돌아오지 않을 사람으로
치부하고 있음을 변명하고 용서를 구하는 것이나 아니었는지.

— 오정희, 「유년의 뜰」, 『유년의 뜰』, 문학과지성사,
   2017, 53~54쪽.

우리는 저마다 차라리 잊고 싶은 기억을 안고 살아간다.
인간의 방어 본능은 매우 영특해서, 사실 우리는 엄청난 분
량의 자료들, 특히 '나에게 불리한 기억들'을 곧잘 잊고 살아
간다. 하지만 어떤 뼈아픈 기억들은 잠복기가 아주 긴 바이
러스처럼 우리 몸 깊숙이 잠들어 있다가, 기억의 불꽃을 튀
게 할 어떤 매개체를 만나면 폭발해버린다. 오래전 잊었던
기억이 현재의 나를 습격하여, '그 악몽은 아직 끝나지 않았
다'라고 외치는 것이다. 하지만 이 무서운 '기억의 도래'가 반
드시 부정적인 일만은 아니다. 과거의 그 트라우마가 발생
하던 당시의 나와 지금의 나는 꽤 많이 달라져 있기 때문이

다. 이제 '지금의 나'에게는 트라우마를 감당할 수 있는 힘,
기억의 무게를 견뎌낼 수 있는 힘이 있기 때문이다.

  어쩌면 어른이 된다는 것은 기억하고 싶지 않은 상처들이
습격해올 때마다, 그 아픔을 '의미 있는 상처'로 되새길 줄 아
는 힘이 생긴다는 뜻이 아닐까. 상처를 들쑤시는 것은 물론
아픈 일이다. 하지만 평생 그 상처를 피해가기만 한다면, 우
리는 결코 상처와 당당히 대면하여 상처 입었던 예전의 나
를 위로해줄 기회조차 얻을 수 없을 것이다. 오정희의 소설
을 읽으며 나는 내가 견딜 수 없었던 지난날의 상처가 지금
은 어떤 모양의 '마음의 흉터'로 변해 있는지를 천천히 발견
한다. 그 흉터는 아직도 끔찍한 모습을 한 경우도 있고, 이제
는 마치 키 작은 들꽃이나 희미한 점처럼 변해버린 경우도
있다. 오래전 나는 상처가 어떻게 생겼는지 바라볼 수 없을
정도로 고통스러웠지만, 지금의 나에게는 적어도 그 상처를
투시할 수 있는 용기가 생긴 것이다.

  「유년의 뜰」 속 소녀가 '죽는 척하는 연극 놀이'를 즐기며,
죽은 시늉을 하다가 정말 '죽어버릴지도 모른다'는 공포를
만끽하는 장면은 지금 읽어도 가슴이 저릿하다. 죽기라도

해야 비로소 관심을 가져줄 것 같은 사람들을 바라보며, 어린 소녀는 얼마나 고통스러웠을까. 죽는 척하는 놀이에 빠진 이 소녀의 마음속 깊은 곳에는 '제발 사는 것처럼 살고 싶다'는 평범하지만 절박한 열망이 숨어 있었던 것은 아닐까.

천사를 따라 펄럭펄럭 날갯짓을 하며 방 안을 돌아다니는 것으로 연극이 막을 내린다는 것을 알고 있었지만 나는 대체로 정말 죽은 체 꼼짝 않고 누워 있었다. 그러면 언니는 나를 마구 흔들며 짐짓 겁에 질린 소리로 호들갑스럽게 말했다.

노랑눈이 죽었니? 눈 떠봐, 정말 죽었니?

의사가 눈꺼풀을 손가락으로 비집고 입김을 후후 불어넣으며 투덜대었다.

이 바보야, 일어나, 이젠 끝났단 말야.

그러나 나는 천사와 함께 나는 것보다 죽은 체하고 누워 있는 것이 훨씬 더 재미있었다. 그렇게 가만히 있노라면 내 작은 계교로 의사는 계속 주사를 놓고 천사는 다리가 아플 때까지 주저앉을 수 없어 연극은 언제까지나 이어지기 때문이었다.

— 오정희, 위의 책, 12쪽.

프랑켄슈타인,
개츠비
그리고
히스클리프의
유리창

　　창문은 안이 훤히 비치지만 결코 상대방에게 닿을 수 없는 거리감을 자아내는 미디어다. 모든 것이 보이지만 아무것도 만질 수 없는 세계. 창문 저편의 사람이 무엇을 가졌는지, 누구와 함께 있는지, 무엇을 먹는지, 모든 것을 생생하게 바라볼 수 있지만, 창문 밖에서는 아무것도 직접 경험할 수 없다는 사실을 더욱 강렬하게 일깨워주는 세계. 창문은 때로는 차라리 벽으로 가로막혔다면 이토록 답답하지는 않았을 것만 같은, 소통을 가장한 불통의 미디어가 된다. 피터 팬은 창문을 통해 웬디의 일상을 엿보고 처음으로 네버랜드가 아닌 지상의 친구를 갖고 싶다는 강렬한 충동을 느낀다. 『프랑켄슈타인』의 괴물은 창문 밖에서 창문 안쪽으로 보이는 정상인들의 세계를 훔쳐보며 '나도 저들처럼 서로 쓰다듬고, 키스하고, 사랑할 수 있는 존재가 되고 싶다'고 바란다.

창문은 '남들이 내비치는 것'을 통해 '내가 가지지 못한 것들'을 상상하게 만드는 부러움의 매개체인 것이다.

누군가에게는 사방이 뻥 뚫린 듯 환히 빛나는 창문이 스스로를 가두는 거대한 감옥이 되기도 한다. 『위대한 개츠비』의 대저택이 바로 그런 유리 궁전의 절정을 보여준다. 개츠비는 수백 개의 거대한 유리창으로 뒤덮인 호화로운 저택을 소유했다. 하지만 그는 자신의 소유물에서 스스로 소외감을 느끼는 듯, 파티의 주최자이면서도 파티를 제대로 즐기지 못한다. 속이 훤히 비치도록 번쩍번쩍 빛나는 유리창들은 오히려 개츠비가 '세상을 바라보는 시선'을 차단하고, '세상이 그를 바라보는 시선'만을 도드라지게 한다. 모두들 개츠비에 대해 이러쿵저러쿵 가십을 일삼지만 정작 개츠비는 누구에게도 자신의 속내를 이야기할 수 없는 것이다. 모든 것이 다 보이지만, 결국 아무것도 말해주지 않는 거대한 유리방에 갇힌 개츠비. 사람들은 유리창에 비친 개츠비를 부러워하기도 하고, 신비스럽게 여기기도 하지만, 개츠비 본인은 그 아름다운 대저택에서 어떤 행복도 느끼지 못한다. 사랑하는 여인 데이지를 되찾기 위해 온갖 수단과 방법을 가리지 않고 갑부가 되었지만, 정작 그 아름다운 저택

의 안주인으로 이미 다른 사람의 부인이 된 데이지를 데려
올 수는 없었던 것이다.

　그는 이 농장에서 저 농장으로, 이 마을에서 저 마을로 떠돌
면서 뭇 여자들을 편력하였다. 서늘한 저녁때면 어느 집 창문
아래에 답답하고 슬픈 심정으로 쪼그리고 앉아 있었던 적도 여
러 날 되었다. 그럴 때면 이 지상에서 행복과 고향과 평화를 안
겨줄지도 모르는 모든 것이 등불 뒤쪽에서 타올랐으며, 창문에
붉게 비치는 그 모든 것은 다정스러우면서도 골드문트에겐 다
다를 수 없는 어떤 것이었다.

　― 헤르만 헤세, 임홍배 옮김, 『나르치스와 골드문트』,

　　민음사, 2002, 225쪽.

　『나르치스와 골드문트』에서 골드문트 또한 유리창을 통
해 행복한 가정을 들여다보면서 자신이 결코 가질 수 없는
행복과 안정의 세계를 깨닫는다. 열정과 방랑과 광기와 영
감에 온몸을 쏟아야 하는 예술가가 되기 위해 그는 안온과

평화와 규칙과 질서의 세계를 떠나야만 했던 것이다. 이렇 듯 창문은 내가 가진 것이 아니라 내가 가지지 못한 것을 일 깨우는 미디어다. 언제나 바깥에서 창문 안쪽을 엿보는 사 람의 입장에서 창문은 '가질 수 없는 세계'를 상영하는 영혼 의 스크린이 된다. 유리창은 내가 영원히 잃어버린 것, 내가 결코 되찾을 수 없는 것, 어쩌면 한 번도 가져보지 못한 어떤 세계를 광고하는 영혼의 스크린인 것이다.

지구 상 생물체 중에서 다른 존재에게 '속임수'를 써서 자 신의 원하는 바를 쟁취하는 데 가장 커다란 재능을 보이는 것은 바로 인간이다. 철학자 마크 롤랜즈는 늑대와 인간의 가장 큰 차이는 바로 '사기 치는 능력'에 있다고 보았다. 『철 학자와 늑대』에서 그는 사기를 치고, 교묘하게 남을 속여 넘기고, 거짓말로 타인의 환심을 사는 것은 '영장류'의 특별 한 재능(?)이라며 인간의 교활함을 풍자한다. 유리를 통한 인간의 속임수를 알지 못하는 동물들은 곧잘 유리에 부딪 혀 중상을 입거나 죽기도 한다. 유리창 없이 우리는 자동차 도 운전할 수 없고 바깥도 볼 수 없게 되어버렸다. 그러나 유 리창은 수많은 동물들에게 '조심해야 한다'는 것을 미리 배 울 기회도 없이, 부딪히자마자 그 즉시 사망하게 만드는 위험한 살인 무기이기도 하다. 유리창은 '창문 안쪽에 사는 사람'에게는 과시와 선전의 도구이기도 하고, 때로는 거대한 유리창 자체가 버젓한 자산이 되기도 한다. 널따란 통창은 바깥 세계의 '조망'을 향한 인간의 탐욕을 드러내기도 한다. '조망권'이라는 개념이 대중화되면서, 이제 유리창으로 바라보는 바깥 풍경은 또 하나의 사유재산으로 탈바꿈하게 된 것이다.

『프랑켄슈타인』속 괴물에게 창문은 정상적인 인간의 삶을 엿볼 수 있는 교양의 기회이자 교육의 산실이었다. 괴물은 열린 창문을 통해 인간들의 대화를 엿들으며 인간의 언어를 배우고, 창문 틈으로 비치는 그들의 다정한 웃음소리와 따스한 포옹의 장면을 바라보며 사랑과 우정의 소중함을 배운다. 아울러 그 모든 인간적인 행복이 결코 자신의 것이 될 수 없음을 아프게 깨닫는다.

『폭풍의 언덕』의 히스클리프에게는 유리창이야말로 죽은 연인을 만날 수 있는 유일한 미디어다. 캐서린의 유령을 향해, 창문을 통해 제발 안으로 들어오라고 절규하는 히스클리프의 모습은 김소월의 「초혼」처럼 결코 만날 수 없는 영혼을 세상 안쪽으로 불러들이는 애절함으로 독자의 가슴을 울린다.

그는 침대로 올라가 걸쇠를 비틀어 풀더니, 덧창을 당겨 열면서 걷잡을 수 없이 격렬하게 통곡하기 시작했다. "들어와! 들어와!" 그가 흐느꼈다. "캐시, 들어오라니까. 아아, 제발 한 번만! 아아, 나는 너뿐인데! 이번에는 듣고 있니? 캐서린, 지금은 들리니?" 그러나 유령은 유령답게 변덕스러웠고, 자기가 존재한다는 신호를 주지 않았다. 다만 눈보라가 창문으로 휘몰아쳐 내가 들고 있던 촛불까지 꺼버렸다. 이러한 광란에 동반된 격렬한 울음이 너무나도 뼈아프게 들려서, 나는 그의 슬픔을 동정하고 그의 어리석음을 못 본 척하면서 자리를 피했다.

— 에밀리 브론테, 김정아 옮김, 『폭풍의 언덕』,
  문학동네, 2011, 48쪽.

『폭풍의 언덕』에서 히스클리프는 두려움에 떨며 구천을 헤매는 캐서린의 유령을 열린 창문을 통해 만난다. 제발 자

신을 안으로 들여보내달라고 절규하는 캐서린. 제발, 유령
이라도 좋으니, 자신의 집으로 들어와달라고 외치는 히스클
리프. 두 사람 사이에는 죽음과 삶의 경계가 삼엄하게 드리
워져 있지만, 히스클리프는 끝내 그 경계를 넘어 캐서린을
다시 만나려 한다. 이 순간 눈보라가 휘몰아치는 히스클리
프의 창문은 산 자와 죽은 자의 끊어진 인연을 다시 이어주
는 안타까운 매개가 된다.

　이 세상 모든 창문들은 저마다의 목소리로 속삭인다. 당
신의 작은 세상에만 갇혀 있지 말라고. 또 다른 세상을 향한
궁금증을 포기하지 말라고. 어떤 창문은 분명히 굳게 닫혀
있으면서도 바깥세상을 향해 은밀한 유혹의 목소리로 속삭
인다. 당신은 유리창을 깨고 이곳으로 들어올 수는 없겠지
만, 유리창 안쪽의 삶을 살짝 엿봐도 좋다고. 당신과 다른 삶
을 살고 있는 이들의 삶을 가만히 들여다보는 것도 때로는
즐거운 일이라고. 문학 속의 모든 창문들은 서로 다른 목소
리로 아우성친다. 당신의 창문 안쪽으로 나를 들여보내달라
고. 성냥팔이 소녀는 크리스마스이브마다 유리창을 통해 자
신이 가지지 못한 삶을 상상한다. 당신들의 행복한 크리스
마스이브로 이토록 춥고 배고픈 나를 초대해달라고. 피터

팬은 속삭인다. 동심을 잃어버린 어른들의 가르침에 질식당
하기 전에 한 번쯤은 이 세상 어디에도 없는 네버랜드로 떠
나보자고. 히스클리프의 유리창은 외친다. 삶과 죽음의 경
계를 뛰어넘어, 끝내 제자리를 찾아가는 끈질긴 사랑도 있
다고.

애국이라는
이름으로
포장할 수
없는
것들

　권위와 권위주의는 전혀 다르다. 말 한마디에서도 위엄
이 넘치는 사람, 힘을 과시하지 않고도 저절로 힘이 느껴지
는 사람에게서 우리는 '권위'의 긍정적 힘을 본다. 권위 자
체가 나쁜 것은 아니다. 권위주의는 권위를 부당하게 사용
했을 때 주로 발생한다. 자신이 지닌 권위로 아랫사람을 찍
어 누르는 사람들, 권위를 도용해 사익을 추구하는 사람들
은 권위주의에 찌든 것이지 '권위 있는 사람'이라고 하기는
어렵다. 영화 「1987」을 보며 나는 '권위 있는 척하지만, 실상
은 권위주의에 찌들어 결국 타인의 삶을 파괴하는 사람들'
의 언어 습관을 면밀히 관찰할 수 있었다. 1980년대의 부당
한 권위주의를 상징하는 단어는 '멸공', '충성', '애국자', '남영
동' 등이었다. 그 비틀린 권위주의 언어들 중 여전히 강력한
힘을 발휘하고 있는 단어는 바로 '빨갱이'다. 용공 분자를 척

결하는 것이 곧 애국이라 믿는 박 처장(김윤석)에게 자신의
일을 방해하는 모든 사람들은 그저 '빨갱이'일 뿐이다. 부하
가 자신의 명령을 고분고분 들어주자 회심의 미소를 지으며
"옳지, 고거이 남영동이지!"라고 말하는 박 처장의 얼굴에서
는 모든 소통의 가능성을 차단하는 잔인한 권력의 그림자가
짙게 드리워진다.

　권력의 격투장으로 뒤바뀐 지배계급의 사고방식이 얼
마나 어처구니없는 불합리성으로 물들어 있는지를 대표적
으로 보여주는 그 시대의 뜨거운 상징이 바로 "탁 치니 억
하고 죽었다"는 문장이었다. 이 '말도 안 되는 말'이야말로
1987년 6월 항쟁의 불씨가 되었다. 박 처장의 애국심은 사
실 '반공'과 '멸공'의 다른 이름일 뿐이다. 그는 공산주의에
대한 적개심을 애국심으로 착각하며, 박종철처럼 죄 없는
학생들에 대한 폭력과 협박조차도 애국자의 영웅적 행위로
탈바꿈시켜버린다. 박 처장의 거의 모든 대화는 '권위주의
문장 사전 리스트'에 올려도 좋을 정도로 추악한 권위주의
의 악랄한 측면을 속속들이 보여준다. "애국자 될래? 월북자
될래?" 그 부당한 권력에 힘을 실어주는 것은 아랫사람들이
발화하는 나약한 복종의 언어다. "받들겠습니다!" 영화에서

가장 많이 반복된 이 대사는 수평적 소통은커녕 정당한 반
론의 제기조차 불가능하게 만드는 굴욕의 상징이다.

  절대왕정의 신하처럼 일사불란하게 행동하던 부하들은
자신들도 감옥에 끌려가 처벌을 받게 되자 그제야 '진짜 사
람의 말'을 하기 시작한다. 박 처장을 그림자처럼 따르던 조
한경(박희순)은 밤마다 자신이 고문한 사람들이 머릿속에서
사라지지 않는다며 마침내 항명한다. "이러고도 우리가 애
국자입니까?" 그는 자신이 직접 박종철을 죽이지 않았다며
억울함을 호소하지만, 영화를 유심히 지켜본 관객의 입장에
서는 그는 분명 유죄다. 그는 분명히 박종철을 이렇게 협박
했기 때문이다. "종철아, 여기 남영동이야. 너 하나 죽어나가
도 아무 일 안 생겨." 그런 협박의 말들은 청년 박종철을 두
번 세 번 죽이는 칼날 같은 고문의 말이었다. 그가 직접 물
고문을 자행하지 않았다 하더라도, 이런 공포와 협박의 말
로 학생을 취조한 모든 사람들은 '심리적 살인'을 저지른 것
이다.

  요사이 교단에 서며 '그래도 참으로 다행이다'라고 느끼
는 점은 더 이상 '차렷, 경례' 같은 인사도 할 필요가 없고, '국

기에 대한 맹세'를 외치며 국가에 대한 충성을 고백할 필요
도 없다는 것이다. 가끔 뮤지컬 전공 학생들이 "안녕하십니
까!"라고 크게 외쳐서 사람들이 놀랄 때가 있는데, 이런 떠들
썩한 인사도 선배와 후배, 교수와 학생 사이의 격차를 느끼
게 할 수 있기 때문에 자제하자는 분위기다. 나는 수업에 들
어갈 때 내가 먼저 "안녕하세요"라고 인사하고, 거리에서 학
생들을 봐도 내가 먼저 인사할 때가 많다. 학생들이 강의 평
가서에서 '수업에서 좋았던 점을 쓰시오'라는 문항을 보고
는 '없다'라고 당당하게 써서 교수님들의 마음을 아프게 할
때도 있지만, 나는 그것마저도 학생들의 자유라고 생각한
다. 언제든 당당하게 자신의 의견을 말하는 솔직함은 좋다.
다만, 왜 그렇게 생각하는지 좀 더 자세하고 정중하게 이야
기하고, 글을 쓸 수 있는 '표현력'이 길러졌으면 좋겠다. 학생
들이 교사에게 꼭 엄청난 예의를 갖추지 않아도 좋으니, 더
솔직하게 질문하고, 더 기탄없이 자신의 고민을 이야기했
으면 좋겠다. 어떤 상황에서도 자신의 의견을 흔들림 없이
말할 자유, 바로 그것을 얻기 위해 그토록 수많은 사람들이
「1987」에서처럼 피 흘리고, 눈물 흘리고, 앞뒤 재지 않고 들
이받아 가며 싸워온 것임을 우리는 이제 아니까.

  조지 오웰은 진실을 말할 용기의 중요성을 이렇게 멋진
문장으로 갈무리했다. "거짓이 판을 치는 세상에서는, 진실
을 말하는 것만으로도 혁명이 된다." 거짓이 판을 칠 때 진
실을 말할 수 있는 자유, 권위주의가 판을 칠 때 그 부당한
권력에 맞서 '아니오'라고 말할 수 있는 자유. 그것이 민주주
의의 힘이고, 권력으로부터 해방된 언어의 힘이며, 어떤 절
박한 순간에도 우리 자신이 인간임을 잊지 않게 하는 마음
의 구심점이니까. 심리학자 카를 구스타프 융은 사랑과 권
력의 관계에 대해 이렇게 말한 적이 있다. 권력이 있는 곳에
는 사랑이 없고, 사랑이 있는 곳에는 권력이 없다고. 곱씹을
수록 아름다운 문장이다. 나는 이 문장에서 '사랑'을 '소통'으
로 바꾸어도 좋을 것 같다. 권력이 판을 치는 곳에서는 아무
리 많은 말들이 오가도 그것은 소통이 아니라 명령의 하달
에 불과할 때가 많다. 하지만 진심 어린 소통이 있는 곳에는
권력의 언어가 아니라 배려의 몸짓, 존중의 언어가 살아 숨
쉰다. 부당한 권력에 빌붙어 인간의 존엄을 포기한 자들에
맞서 더 깊은 사랑의 언어, 더 짙은 소통의 언어를 만들어나
가는 것. 그것이 언어를 권력의 흉기가 아닌 소통의 향기로
물들이는 비법이니까.

나를
이해해주는
단
한 사람을
위해

너는 감옥을 없애는 것이 무엇인지 알잖아? 그건 바로 깊고 진한 정이야. 친구와 형제로서 사랑하는 것, 이것이 지고의 힘, 마술적인 힘으로 감옥의 문을 열지. 이런 것이 없다면 우리는 죽은 거나 다름없어. 정이 되살아나는 곳에서는 삶도 되살아나지. 게다가 감옥이란 편견과 오해, 치명적인 무지와 의심 그리고 교만이라고 할 수도 있어.

— 빈센트 반 고흐, 정진국 옮김, 『고흐의 편지 1』,
  펭귄클래식코리아, 2011, 125쪽.

내가 좋아하는 고흐의 그림 중에 「성경이 있는 정물」 (1885)이란 작품이 있다. 아버지를 향한 고흐의 복잡한 애증

이 묻어난 그림이다. 육중한 무게감으로 화면 전체를 장악
하는 성경은 고흐의 아버지를 연상하게 한다. 아들이 어떤
항변을 해도 늘 고리타분한 원칙만을 들먹이는 아버지. 아
들이 자신이 기대하던 목회자의 길을 가지 않고 '정상적인
성인 남자'의 모습을 하고 있지 않다는 이유로, 아들을 정신
병원에 집어넣겠다는 폭언을 멈추지 않던 아버지. 그런 아
버지에 대한 거부감과 공포심, 그러나 버릴 수 없는 존경심
같은 것이 거대한 성경의 이미지에 묻어난다.

　하지만 그림에서 관객의 눈을 빛나게 만드는 것은 무겁고
침울하며 글씨까지 뭉개져 있는 성경책이 아니라, 칙칙한
성경의 색깔에 비해 더욱 환하게 빛나는 에밀 졸라의 소설
책이다. 성경은 '거대하고 육중하지만 이제는 의미를 잃어
가는 세계'를, 에밀 졸라의 소설은 '작고 소박하지만 이제 막
비상의 날갯짓을 시작하는 예술가'의 해방된 영혼을 상징하
는 듯하다. 내게는 이 그림이 고흐의 첫 번째 '독립선언'으로
다가온다.

　아버지의 죽음 직후 그린 이 그림에서 고흐는 어떤 '해방
감'을 말하는 듯하다. 고흐는 에밀 졸라의 소설을 사랑했다.

에밀 졸라는 고흐로 하여금 민중의 고통에 눈뜨게 한 작가
였다. 고흐의 눈에는 에밀 졸라의 소설이야말로 '아버지가
이해할 수 없는 세계'임과 동시에 '자신이 개척해야 할 세계'
의 표상이었을 것이다.

아버지를 사랑하고 존경했지만 아버지로부터 결코 이해
받을 수도 존중받을 수도 없었던 아들이, 이제 아버지의 원
칙주의라는 거대한 먹구름 없이도 자기만의 세계를 창조할
수 있다는 자신감이 이 그림에 서려 있다. 하지만 그 앞에는
더 큰 시련이 닥쳐오고 있었다. 그림을 그리겠다는 의지는
강력했지만, 그가 원하는 그림을 그리기 위해 절실히 필요
한 캔버스, 물감, 무엇보다도 모델료가 절대적으로 부족했
던 것이다.

동생 테오는 이런 형의 마음을 세상 누구보다도 잘 알았
기 때문에, 오래전부터 형을 후원하고 있었다. 그럼에도 고
흐는 늘 경제난에 허덕였다. 지칠 줄 모르는 창작열에 불타
오르던 그는 더 많은 캔버스, 더 많은 물감, 더 많은 모델을
원했기에. 그는 때로는 유리걸식하고, 값싼 빵으로 허기를
채우면서도, 제대로 된 작품을 그리기 위한 재료비와 모델

료만은 포기할 수 없었다.

　무엇보다도 고흐는 '사람의 온기'를 원했다. 사람의 따뜻함이 느껴지는 집, 그저 건축물로서의 집이 아닌 '가정'의 온기를 원하던 고흐는 아이가 둘이나 딸린 창부 시엔과 몇 년간 함께 살기도 했지만 그녀의 삶을 완전히 바꿀 수는 없었다.

　도중에 가방에 있던 그림이나 스케치 한두 점을 주고 빵 조각을 얻어먹었지만, 10프랑이 다 떨어지고 나서 마지막 사흘 밤을 길바닥에서 자야 했지. 한번은 버려진 수레에서 잤는데, 이튿날 아침에 하얗게 서리를 뒤집어썼지. 또 한번은 장작더미에서 잤는데 그다음은 조금 나은 편이었어. 마침 건초 더미 속에서 거의 남의 눈에 띄지 않고 편안히 잘 수 있었지. 이슬비 때문에 온전히 즐기지는 못했지만 말이야. 아무튼, 이토록 비참했지만 힘이 다시 솟는 것을 느꼈고 이런 말이 나오더라. 상심이 깊고 늘 한구석에 그늘이 져 있지만 어떻게든 이겨낼 수 있어! 연필을 잡고 다시 그림을 그릴 거야. 그 어느 때보다 나의 모든 것이 변했다는 느낌이 들어.

— 빈센트 반 고흐, 앞의 책, 130~131쪽.

고흐는 테오에게 늘 고마워하고 미안해하면서도 동생의
후원보다는 함께 '화가의 길'을 걷기를 바랐다. 무엇보다 예
술적 감식안이 뛰어나고 자존심이 강한 테오가 돈에 걸신들
린 사람들의 싸구려 취향과 속물적인 생활 방식을 감당해내
기 어렵다고 보았다. 하지만 테오는 이미 화상畫商의 세계에
서 안정적으로 자리를 잡아가고 있었고, 자신마저 예술가가
되면 경제적인 문제를 해결할 수 없다고 보았던 것 같다.

테오는 고흐가 19세기 예술의 수도였던 파리로 오기를
바랐다. '비례가 맞지 않는다', '색상이 너무 칙칙하다', '미완
성이다'라는 식의 혹평을 받던 고흐의 그림이 파리로 오면
바뀔 수 있을 것이라 믿었을지도 모른다. 하지만 고흐는 꼭
예술의 중심 파리로 가고 싶지는 않았다. 그는 평범한 농부
의 얼굴에서 구원의 씨앗을 발견한 화가 밀레를 존경했다.
일하는 사람들의 땀 흘리는 얼굴, 몸을 움직여야만 살아낼
수 있는 사람들만이 느끼는 세상의 고단한 진실을, 고흐는
그려내고 싶었다. 그는 한적한 시골 광부들의 고장인 보리

나주Borinage에서도 가장 아름다운 것을 발견해낼 줄 알았다.

　내 목적이야 잘 그리는 법을, 연필과 목탄 그리고 붓을 다루는 수법을 배우는 것이지. 일단 그것을 익히고 나면 어디서나 잘해 낼 수 있을 거야. 보리나주는 오래된 베네치아, 아라비아, 브르타뉴, 노르망디, 피카르디, 브리만큼이나 그림 같으니까.

　— 빈센트 반 고흐, 앞의 책, 133쪽.

　고흐는 많은 것을 원하지 않았다. 그저 자신의 그림을 마음 놓고 그릴 수 있는 작은 화실과 모델료를 지급할 수 있을 정도의 여유, 그리고 자신처럼 힘든 환경에서 창작하는 예술가들의 공동체를 만들어 생활고를 해결하고, 공정하게 거래할 수 있는 협동조합을 만들고 싶어 했다.

　그토록 단순하고 마치 스스로 꽃이라는 듯이 자연 속에서 살아가는 일본인이 우리에게 가르쳐주는 것은 실제로 종교 같은

것이 아닐까. 우리는 일본 미술을 공부할 수 없을지 몰라. 더 즐
겁고 행복해지지 않는다면 말이야. 인습에 찌든 이 세상에서
우리는 배우고 일해야 함에도 자연으로 돌아가야 할 거야.

　— **빈센트 반 고흐, 정진국 옮김,『고흐의 편지 2』,**

　　펭귄클래식코리아, 2011, 126쪽.

　고흐는 고갱과 함께 '예술가들의 공동체'를 실험해보려
했지만, 두 사람의 공동생활은 얼마 지나지 않아 파국을 맞
는다. 그가 꿈꾼 공동체는 경제적 어려움을 타개하는 것에
만 목적이 있는 것이 아니라, 창작의 고통과 희열을 함께 나
눌 수 있는 공감의 공동체이기도 했다. 하지만 '나와 전혀 다
른 누군가와 함께 살아간다는 것'에 대한 경험이 거의 없는
두 사람은 부딪칠 수밖에 없었다.

　고흐는 두 사람이 함께하기만 한다면 자신이 꿈꾸는 예술
가들의 공동체를 향한 첫 삽을 뜰 수 있다고 믿었지만, 그 꿈
은 너무 일찍 깨져버렸다. 고갱은 떠나버렸고, 고흐는 혼자
남았다. 스스로 제 귀를 자른 끔찍한 사고는 '바깥세상에서

들려오는 말들'이 그를 얼마나 괴롭혔는지를 상상하게 만든
다. 고흐가 원하는 것은 아주 소박한 친절, 따뜻한 격려, 정
이 담긴 대화였다. 하지만 그에게 들려온 것은 끝없는 혹평
과 경제적 압박, 그리고 '당신은 정상이 아니다'라는 판결뿐
이었다.

고갱이 떠난 후 신경 발작은 심해졌고, 고흐는 자신감을
잃어갔다. 때로는 평론가로부터 좋은 평가를 받아 설렘을
느껴보기도 하지만, 그것만으로는 그의 불안과 고독이 치유
되지 않았다. 고통의 나날 속에서도 고흐의 꿈은 「별이 빛나
는 밤에」의 그 영롱한 별빛처럼 시들지 않았다. 고흐는 개인
의 창조성을, 예술가의 순수한 열정을 포기하지 않았다. 그
는 '아무것도 가지지 않은 자'의 무한한 열정을 믿었다. 그리
고 그 꿈은 안타깝게도 그가 죽은 뒤에 실현됐다.

풍경화에 주력하던 많은 화가와 달리, 고흐는 초상화에
깊은 애착을 느꼈다. 당시로서는 한물간 장르이던 초상화를
새로운 예술적 차원으로 끌어올리기 위해 다채로운 노력을
기울였다. 그는 인물을 아름답게 그리거나 사실 그대로 그
리는 초상화가 아니라 인물의 영혼 깊숙이 숨어 있는 내적

아름다움을 끌어내는 초상화를 그려냈다.

　고흐는 '무한'을 향해 다가가는 인물화를 꿈꿨다. 그린 사람의 영혼과 그려지는 사람의 영혼이 소통하는 지점, 그려진 대상과 그림을 보는 주체가 서로 아무런 말 없이도 '무한'을 향한 느낌에 도달하는 지점을 향해 고흐는 나아갔다. "아름다움이 주는 즐거움은 마치 사랑할 때처럼 일순간 우리를 무한으로 인도하지." 바로 그것이었다. 깊은 사랑에 빠졌을 때처럼, 한순간에 우리를 무한으로 데려가는 깨달음의 경지. 그 불가능한 경계를 향해 고흐는 끝없는 고행의 길을 걸어갔다.

당신에게
가장
소중한
것은
무엇인가요

삼십오 년째 나는 폐지 더미 속에서 일하고 있다. 이 일이야
말로 나의 온전한 러브 스토리다. 삼십오 년째 책과 폐지를 압
축하느라 삼십오 년간 활자에 찌든 나는, 그동안 내 손으로 족
히 3톤은 압축했을 백과사전들과 흡사한 모습이 되어버렸다.

— 보후밀 흐라발, 이창실 옮김, 『너무 시끄러운 고독』,
  문학동네, 2016, 9쪽.

어떤 책은 첫 문장부터 마음을 사로잡는다. '첫 문장이 써
지면 그다음 문장은 자연스럽게 써진다'라는 이야기를 많이
하는데, 그만큼 첫 문장을 잘 쓰는 것은 무척 어려운 일이다.
1초도 안 되는 순간 읽는 사람의 마음을 와락, 그러쥐어야

하기 때문이다. 보후밀 흐라발의 소설은 화려한 수사학이나 현란한 꾸밈음이 전혀 없음에도 불구하고, 읽는 내내 손에 땀을 쥐게 만들었다. 다음 문장은 뭘까, 다음 페이지에는 무슨 이야기가 나올까. 내내 흥분되고, 내내 설렜다. 자신이 가장 사랑하는 일을 하다가, 마침내 그 일과 영원한 하나가 되어버린 사람의 이야기. 일과 자신을 구분할 수 없어 마침내 그 일 자체가 되어버린 사람의 이야기, 그것이 바로 『너무 시끄러운 고독』이다.

   이 책의 주인공 한탸는 폐지를 압축하는 일을 하는 노동자다. 무려 35년간 그는 폐지 압축공으로 살아왔지만, 한 번도 이 일이 지루하거나 고통스럽다고 생각하지 않았다. 그는 장갑도 끼지 않고, 도시락도 제대로 먹지 않은 채, 오직 맥주와 함께 맨손으로 압축기를 만지며 책과 폐지를 압축한다. 사람들이 버린 것들, 이제는 쓸모없다고 밀쳐낸 것들이, 그의 손에서는 새로운 가치를 지닌 소중한 보물이 된다. 그는 폐지를 압축하면서 사실은 결코 압축할 수 없는 책들, 결코 버릴 수 없는 보물들을 찾고 있었던 것이다. 그는 한편으로는 폐지를 압축하면서, 한편으로는 자신만의 은밀한 내적 도서관을 건축하고 있다. 그리하여 그의 지하실은 비밀 아

지트처럼 내밀하고 음침하다. 폐지를 압축하는 일만 한다면
이 일이 끝나고 나서 주변이 깨끗해져야 할 텐데, 그의 지하
작업실은 늘 버리지 못한 책들, 결코 압축할 수 없는 소중한
종이들이 가득한 것이다. 그리하여 그는 윗사람에게 항상
요주의 인물이 된다. 일을 잘하고 있나 감시하기 위해 엿볼
때마다, 그는 걸핏하면 책을 읽고 있기 때문이다. 그는 폐지
를 압축하는 일을 사랑하는 것이 아니라 그 일을 하면서 '나
만의 은밀한 도서관'을 짓는 일에 골몰하고 있었던 것이다.

　천장에서는 매일같이 엄청난 분량의 책들이 쏟아져 내린
다. 그는 쉴 틈 없이 밀려드는 일감 속에서도 자기만의 기쁨
을 찾는다. 폐지를 압축하다가 칸트나 괴테, 실러나 니체, 노
자와 헤겔 등의 아름다운 책을 발견할 때마다 그는 세상에
서 가장 희귀한 보물을 발견한 듯 가슴이 뛰는 것이다. 그는
좋은 책을 발견할 때마다 마치 이 세계를 뛰어넘어 저 머나
먼 다른 세계, 더 아름답고 신비로우며 진실에 가까운 어떤
세계를 발견한 듯 가슴이 부풀어 오른다. "날이면 날마다, 하
루에도 열 번씩 나 자신으로부터 그렇게 멀리 떠날 수 있다
는 사실이 신기할 따름이다. 그렇게 나는 스스로에게 소외
된 이방인이 되어 묵묵히 집으로 돌아온다." 그는 책을 통해

완전히 다른 사람이 되며, '뜻하지 않은 교양'을 쌓았다. 무려 35년이나, 그는 스스로 선생이자 학생이자 비평가이자 예술가가 되어 이 세상 그 무엇과도 바꿀 수 없는 자기만의 도서관을 만들고, 관리하고, 지켜왔다. 책들과 폐지들 사이에 끼어 있는 온갖 쓰레기와 오물 때문에 자신의 온몸에서 기분 나쁜 냄새가 나도, 그의 얼굴에서는 미소가 피어오른다. 집에 돌아오는 길, 그가 멘 가방 속에는 '오늘 발견한 보물', 책들이 들어 있기 때문이다.

그는 남들이 모두 '쓰레기'라고 생각하는 것들 사이에서 '보물'을 발견해내는 혜안을 지녔다. 그리고 그 폐지들과 버려진 책들 사이에서 인류가 밟아온 위대한 발자취를 발견해 낸다. 그가 정성껏 책장을 짜서 자신의 집에 모셔놓은 책들과 그림들은 하나같이 인류의 역사를 대변할 만한 훌륭한 작품이다. 누가 가르쳐주지 않았다. 누가 '이것이 최고'라고 추앙해주지도 않았다. 그는 마음의 눈으로만 보았다. 진심의 눈으로 옥석을 가려냈기에 누구의 권위도 필요 없었다. 모두가 쓰레기라고 부르는 것들에게서 진귀한 보물을 발견해낼 줄 아는 그는 자기 안에서 천국을 만들어내는 마음의 기술을 지녔던 것이다.

사회적 통념대로라면 한탸의 미래는 그다지 밝지 않다. 머지않아 그의 직업은 철저히 기계화될 것이고 그는 설 자리를 잃게 될 것이기 때문이다. 하지만 그에게는 오직 혼자만 은밀히 간직해오던 부푼 꿈이 있었다. 그 세계에서 그는 지상에 없는 유토피아의 주인공이다. 그는 은퇴하면 자신이 매일 쓰던 압축기를 사들여 집으로 가져와, 외삼촌의 집 정원에서 폐지 압축 작업을 계속하며 옥석을 가려내 '나만의 책 꾸러미'를 만들 꿈에 부풀어 있다. "그 안에 나는 젊은 시절에 품었던 내 모든 환상과 지식, 지난 삼십오 년간 배운 것들을 모조리 담아둘 것이다. 그때야말로 매 순간 영감을 받으며 일할 수 있을 테지. 집에 있는 3톤의 책들에서 골라 만든 꾸러미, 사전의 긴긴 명상을 거쳐 완성한 부끄럽지 않은 꾸러미일 것이다." 그는 이렇게 '나만의 최종 컬렉션'을 만들어 삶을 완성하겠다는 소박한 꿈을 꾸고 있었다.

하지만 그의 이런 꿈을 실현시키기엔, 세상은 너무 빨리 변해가고 있었다. 그는 어느 날 도심에 나갔다가 자신의 오래된 압축기보다 수십 배는 큰 최첨단 압축기를 맞닥뜨린다. 그 압축기 앞에서 일하는 노동자들은 콜라와 우유를 마시며 한가롭게, 그러나 기계적으로 모든 것을 압축하고 있었다. 그들에게는 모든 것이 폐지일 뿐이었다. 그들을 움직이는 것은 인간의 의지가 아니라 '컨베이어 벨트'라는 거대한 기계장치였기 때문이다. 신식 유니폼을 입은 노동자들은 모든 것을 폐지로만 보고 그 어디서도 '메시지'를 읽어내지 않는다. 그들에게 폐지는 그저 처리해야 할 일감일 뿐, 한탸에게처럼 어떤 보물이 감춰져 있는지 알 수 없는 신비한 대상이 아니었기 때문이다. 더 충격적인 것은 그들이 나누는 대화였다. 35년 동안 일감과 빈곤에 파묻혀 한 번도 휴가다운 휴가를 떠나보지 못한 한탸와 달리, 이제 갓 취직한 이 젊은 노동자들은 '우리 이번엔 그리스로 휴가를 떠나자'라며 한가로이 수다를 떨고 있었다. 그들에겐 그리스가 언제든 마음만 먹으면 떠날 수 있는 손쉬운 휴양지였던 것이다. 한탸가 책 속에서만 너무도 간절하게 꿈꾸었던 그 아름답고 완벽한 철학과 예술의 이상향, 그리스. 한탸는 절망한다. 그가 평생에 걸쳐 이루어낸 그 모든 꿈들이 무너져 내릴 위기에 처한 것이다.

이때부터 한탸는 변하기 시작한다. 유니폼을 입고 기계적으로 일하는 노동자들처럼, 아니 그들보다 훨씬 더 효율적으로 일을 하기 위해 한탸는 책을 읽지 않고 오직 압축에만

힘을 쏟는다. 하지만 그런 미친 듯한 노동도 그의 사람 됨됨
이를 바꾸어놓지는 못한다. 자신의 일자리가 위협받자, 이
제 더 이상 그 소중한 지하실에서 자신만의 은밀한 도서관
만들기 프로젝트를 계속할 수 없다는 것을 깨닫자, 한탸는
깊은 굴욕감을 느낀다. "굴욕감에 잔뜩 긴장한 나는 뼛속 깊
이 퍼뜩 깨달음을 얻었다. 나는 새로운 삶에 절대로 적응할
수 없을 것이었다. 코페르니쿠스가 지구가 더는 세상의 중
심이 아니라는 걸 밝혀내자 대거 자살을 감행한 그 모든 수
도사들처럼. 그때까지 삶을 지탱해준 세상과는 전혀 다른
세상을 그들은 상상할 수 없었던 거다." 한탸는 자신의 삶을
지키면서도, 이 뼈아픈 굴욕을 멈출 수 있는 길을 찾는다. 비
록 그 길이 세상 사람들의 눈엔 '비극'이자 '추락'이라 할지라
도, 내 눈엔 그의 선택이 너무도 간절한, '오로지 자기 자신
이 되기 위한 길'로 보였다. 나에게 가장 소중한 것을 지키기
위해 나는 무엇을 할 수 있을까. 한탸처럼 용감하게, '내가
진정으로 원하는 것'을 온전히 가슴에 안은 채 지상의 모든
안락함을 버릴 수 있을까. 나는 그 간절한 물음을 안고, 너무
도 안타까운 마음으로 책장을 덮는다. 이렇게 아름다운 책
들은 영원히 끝나지 말았으면 좋겠다는 철없는 염원을 가슴
에 담은 채.

다크
투어리즘,
그건
너무
가혹한
이름입니다

　역사적 재난의 현장이나 자연재해의 장소를 방문하며 그
의미를 되새기는 여행이 '다크 투어리즘dark tourism'이라는
이름으로 유행하고 있다. 아우슈비츠 수용소나 히로시마 평
화기념관, 캄보디아 킬링필드 등이 대표적인 다크 투어리즘
여행지였지만, 최근에는 제주 4.3 평화공원이나 국립 5.18
민주묘지, 거제 포로수용소, 서대문형무소 역사관도 주목받
고 있다. 동일본 대지진 이후 재난 관련 지역으로의 여행도
'응원 투어'라는 형태로 상품화되었다고 한다. 다크 투어리
즘을 향한 집단 심리 속에는 '삶과 죽음의 경계'를 체험하는
극한의 긴장감이 도사리고 있다. 세계 문화유산으로 지정된
아우슈비츠 수용소에서 사람들은 온갖 생체 실험, 고문실과
가스실, 처형대와 화장터의 공포를 가상으로 경험하며 참혹
한 역사의 아픔을 되새긴다. 다크 투어리즘의 이면에는 일

상에서는 쉽게 겪을 수 없는 공포에 대한 호기심과 역사나 재난에 대한 지적 호기심이 공존하고 있는 것이다.

즐기기만 하는 여행이 아니라 배움과 성찰이 함께하는 여행이라는 점에서 다크 투어리즘은 긍정적인 측면이 있다. 그런데 수많은 다크 투어리즘의 성지에는 짙은 국가주의의 그림자가 드리워져 있다는 것이 문제다. 9.11 테러의 성지가 된 '그라운드 제로'에는 테러 희생자들에 대한 추모만이 아니라 '우리 위대한 아메리카'에 대한 과잉된 자부심과 '감히 너희가 미국을!'이라는 집단적 분노가 자리하고 있었다. 미국이 이슬람 국가들을 향해 저지른 엄청난 폭력에 대한 반성이나 화해의 제스처는 눈을 씻고 찾아봐도 없었다. 동일본 대지진과 후쿠시마 원전 문제 또한 국가주의 유령과 만나면서 문제의 본질이 희석되고 있다. 일본 관광청은 후쿠시마 주변 지역 여행을 일종의 지원 투쟁이자 자원봉사로 홍보하면서 '다시 일어서는 일본'을 만들기 위한 주춧돌로 다크 투어리즘을 활용했다. 후쿠시마 주변 지역 여행을 재난을 극복하는 일본, 하나 되는 일본을 만들기 위한 영웅적 행위로 격상시키고, 후쿠시마산 농산물을 기피하거나 관련 지역 여행을 꺼리는 것을 '비애국적 행위'로 매도한 것이다.

후쿠시마산 농산물에 대한 정당한 공포마저도 '나라를 사랑
하지 않는 행위'로 비판하고, 후쿠시마 정착민의 삶에 대한
진정한 배려 등은 배제한 애국주의만이 살아남은 것이다.
일본 관광청의 로고는 한동안 '힘내자! 일본がんばろう! 日本'
이었다고 한다. 그들에게 일본 여행은 재난의 공포를 딛고
일어서는 국가적 응원의 의미였던 셈이다. 여행에서 그 '지
역'과 '사람'의 문제는 사라져버리고 '국가'와 '기념'만이 남는
다면, 그것은 과연 누구를 위한, 무엇을 위한 여행일까.

　게다가 '다크 투어리즘'이라는 명명법 또한 문제가 있다.
하필이면 왜 다크 투어리즘이라는 부정적 이름이 채택되었
을까. 이것은 밝고 화사하고 아름다운 기억만을 환영하는
집단 심리의 반영은 아닐까. 어둡고 아픈 기억 속을 헤매는
것은 슬픈 일만은 아니다. 다시는 그런 어두운 기억을 반복
하지 않기 위한 성찰의 몸부림이다. 히로시마 평화공원에
서 나는 자신들의 아픔은 그토록 소중히 여기면서 위안부
나 독도 문제에 대해서는 한사코 자신들의 유리한 입장만
반복하는 일본의 이중성에 분노를 느꼈지만, 그토록 아름
다운 평화공원을 만들어 끊임없이 기억의 의미를 고찰하는
그들의 노력은 무시할 수가 없었다. 역사적 재난을 '시각화'

하고 '공간화'하는 작업의 중요성을 다시금 깨달을 수 있는
기회였다.

그런 의미에서 제주 여행이 밝고 화사한 '핫 플레이스'만
이 아니라 4.3 평화공원처럼 아픈 기억을 추모하는 공간으
로도 적극적으로 확장되었으면 좋겠다. 4.3 평화공원은 슬
픔과 추모와 해원의 몸짓이 어우러진 데다가 공간 자체의
아름다움까지 함께 갖춘 곳이었다. 그곳을 걷는 것만으로도
그 억울한 영령들을 위로하는 느낌이 들었다. 제주 4.3 평화
공원에 갔다가 외국인 관광객이 많아 깜짝 놀란 적이 있다.
본능적으로 우리의 참혹한 역사에 대한 부끄러움이 앞섰지
만, 그다음 밀려온 생각은 '고마움'이었다. 제주를 단지 멋진
관광지로만 생각하는 것이 아니라 제주가 품고 있는 참혹
한 역사의 아픔마저도 배우려는 그들의 빛나는 눈빛이 고마
웠다. 그저 '아름다운 관광지, 제주'가 아니라 '참혹한 역사의
슬픔을 딛고 한 걸음 한 걸음 나아가는 제주'를 만들어가야
할 의무가 우리에게 있는 것처럼 느껴졌다. 역사와 재난에
대한 관심은 결코 '다크 투어리즘'이라는 자극적 용어로 압
축될 수 없다. 장소에는 화려하고 밝은 아름다움뿐 아니라
고통과 비애를 딛고 일어서는 사람들의 아름다움 또한 깃들

어 있으니까. 그 모든 장소가 품어 안은 빛과 그림자는 본래
하나이니까. 나아가 여행은 단지 아름다운 장소를 향한 일
방적인 '방문'이 아니라 그곳에서 삶을 일구고 사는 현지 사
람들과의 간절한 '소통'이기도 하니까.

주는 사랑,
받는 사랑,
또 하나의
사랑

　과연 내가 받은 사랑보다 더 깊고 넓은 사랑을 타인에게
줄 수 있을까. 오랫동안 이것은 내 삶의 뜨거운 화두였다. 내
가 주변 사람들에게 받은 사랑이 결코 작지 않기에, '그만큼
의 사랑을 과연 타인에게 줄 수 있을까' 하는 의구심이 들었
다. 때로는 '나는 왜 이렇게 사랑받지 못할까'라는 좌절감이
들 때도 있지만, 좀 더 내 인생을 멀리 떨어져서, 더 겸허한
마음으로 바라보면 내가 준 사랑보다는 받은 사랑이 훨씬
큼을 알 수 있었다. 물론 그 사랑은 연인끼리의 배타적인 감
정만이 아니라 사람과 사람이 나눌 수 있는 따스한 친밀감
전부를 가리키는 것이다. 나이가 들수록 '그때는 사랑인 줄
몰랐는데, 이제 돌이켜보니 그건 사랑이었구나!' 하는 아련
한 감정의 애틋함이 깊어진다.

주변을 돌아보면 '받은 사랑보다 확실히 많은 사랑을 실천하는 사람들'이 많다. 부모님이 일찍 헤어지신 뒤 어머니의 사랑도 아버지의 사랑도 마음껏 받지 못한 우리 제부는 자신의 두 아들은 물론 주변 사람에게 아낌없는 사랑을 베푼다. '남들 좀 그만 챙기고 자기 몸부터 좀 챙기지' 하는 안타까움이 들 정도로. 우리 부모님도 그렇다. 아버지는 할아버지와 '대화다운 대화'를 나눠보는 게 소원이셨다고 한다. 무뚝뚝하고 가부장적이며 가족 간의 수평적 대화는 불가능했던 자신의 어린 시절을 안타까워하며, 아버지는 우리에게 "언제든 하고 싶은 말을 하라"며 격려해주셨다. "내게 존댓말을 쓰지 말고 반말로 이야기하라"라고 말씀하신 이유도 더 편하게 아버지에게 속 깊은 말을 털어놓게 하기 위한 격려였다.

요새 내가 꿈꾸는 더 넓고 깊은 사랑은 '가족과 친분을 뛰어넘은 사랑'이다. 고故 이태석 신부님은 아프리카 수단의 빈민가 어린이들을 치료하고 그들에게 아낌없는 사랑을 주면서 이렇게 말씀하신 적이 있다. "나는 당신을 만나기 전부터 당신을 사랑했습니다." 그 문장을 듣는 순간, 나도 모르게 눈물이 비 오듯 쏟아졌다. 이미 안면이 있는 존재에게만 사

랑을 베푸는 것이 아니라, 아직 그의 얼굴도 이름도 모르는
채로, 심지어 그가 이 세상에 존재하는지조차 알 수 없는 상
황에서도, 우리는 서로를 사랑할 수 있다는 생각이 들었다.

그렇다면 우리가 '받은 사랑보다 더 많은 사랑을 줄 수 있
는 존재'가 될 수 있도록 만드는 힘은 무엇일까. 나는 그 중
요한 동력 중 하나가 간접 경험이라고 믿는다. 물론 본능적
으로 내장된 사랑의 힘도 있겠지만, 개인의 노력으로 바뀌
는 삶의 대부분은 간접 경험을 통해서 이루어진다. 인간은
끊임없이 타인의 삶에 대한 정보를 뇌리에 각인시킨다. 영
화나 드라마를 통해 타인의 사랑을 엿보기도 하고, 문학이
나 그림이나 음악 같은 예술 작품을 통해 돌이킬 수 없는 사
랑의 극단적 감정을 간접 체험해보기도 한다. 간접 체험이
야말로 자신에게 주어진 생래적인 환경을 뛰어넘을 수 있는
강력한 무기다. 더 많은 책을 더 깊이 있게 읽을수록, 더 많
은 타인의 삶을 향한 간접 체험과 친밀감이 높아질수록, 불
특정 다수의 인류에 대한 공감 능력은 높아지고, 자신의 주
어진 환경을 뛰어넘을 수 있는 상상력도 풍요로워진다. 보
고 배우는 사랑, 바로 그것이다.

우리에게는 주는 사랑과 받는 사랑의 현실을 넘어서는 또 하나의 사랑의 가능성이 있다. 실제로 받는 사랑, 실제로 주는 사랑의 한계를 뛰어넘는 또 하나의 사랑, 그것은 바로 타인의 삶을 통해 배우는 사랑이다. 내가 처한 현실의 체험과 편견을 벗어날 수 있는 힘, 내가 나의 한계를 뛰어넘을 수 있는 힘, 그것은 '내 것이 아닌 삶'을 가상으로 체험해보는 간접 경험의 힘 속에 오롯이 녹아 있다. 나는 때로는 에밀리 브론테의 『폭풍의 언덕』처럼 삶과 죽음의 경계를 넘어 사랑의 끝까지 걸어 가보고 싶고, 『레미제라블』의 미리엘 주교님처럼 절망에 빠진 장발장에게 "내 은촛대도 가져가주오, 당신은 나의 친구니까"라고 말하고 싶다. 나에게 그런 사랑의 극한을 가르쳐준 모든 책들에게 감사하는 봄이다. 내가 읽은 모든 책들은 내게 가르쳐주었다. 나는 내가 지레짐작하는 내 모습보다 훨씬 가치 있고, 당당하며, 사랑받을 자격이 있는 존재임을.

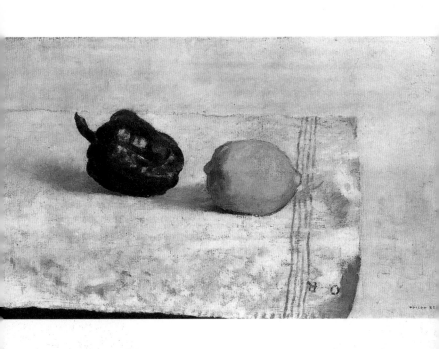

그녀들의
아우라는
어떻게
창조되었는가

사람들은 일반적으로 손으로 만져보고 판단하기보다는 눈으로 보고 판단하려 합니다. 사람들은 군주를 바라볼 수 있을 뿐이지 만져볼 수 없기 때문입니다.

— **니콜로 마키아벨리, 권혁 옮김, 『군주론』,**

   돋을새김, 2005, 150쪽.

온몸이 거울로 이루어진 존재들이 있다. 그녀들의 온몸은 투명하여 그 자신보다 그녀들을 바라보는 사람들의 표정과 시선을 더욱 잘 드러낸다. 자신의 삶 자체로 주목받기보다 자신에게 투영된 대중의 욕망을 더욱 생생하게 되비추는 존재들. 미디어라는 현대의 피그말리온이 빚어낸 아름다운 조

각상이다. 그녀들은 대중이 열광하는 이미지만 골라 한 몸
에 담은 '편집된 아름다움'의 주인공이다. 인생 자체도 드라
마틱하지만 그들을 바라보는 시선이 더욱 드라마틱한 스펙
터클을 연출하는 존재들. 일거수일투족이 늘 세계 언론의
주목을 받아 파파라치의 훌륭한 먹잇감이 되는가 하면 최고
의 찬사와 최악의 혹평을 동시에 받는 존재들. 최고 권력자
보다 오히려 더 주목받았던 퍼스트레이디들. 스스로 정치인
이 아니었지만 정치인보다 더 강렬하게 대중과 역사에 각인
된 이들. 남편보다 더욱 유명한 뉴스 메이커. 에비타와 다이
애나가 바로 그런 존재들이었다.

  대중은 늘 바깥에 있는 '그녀 이상의 것'을 그녀들 자신의
것으로 오인했다. 대중은 왜 그들에게 '우리에게 결핍된 모
든 것'을 투사했을까. 그 투사된 이미지는 두 여인에게 어떤
후광을 만들어냈을까. 여왕보다 더욱 사랑받은 왕세자비,
대통령보다 더욱 사랑받은 퍼스트레이디. 둘은 남편의 명성
을 확산하는 데 일등 공신의 역할을 했지만, 결국 남편보다
더 주목받고 사랑받음으로써 남편의 존재를 본의 아니게 위
협했다. 찰스 왕세자가 아무리 중대한 연설을 해도 신문 보
도는 다이애나의 멋진 패션과 스타일링에만 주목했고, 찰스

는 아내의 유명세가 자신의 '중요성'을 위협한다고 느꼈다.
페론 대통령도 에비타로 인해 원하는 모든 것을 얻었지만,
나중에는 자신보다 더 사랑받는 에비타 때문에 '그녀의 후
광'을 없애기 위해 골몰했다.

손에 닿을 듯한
군주의 여인들

　　　　　　　　　에비타와 다이애나는 저널리즘이
맹위를 떨쳤던 시대의 산물이다. 그들은 여성 정치인보다
더욱 강력한 문화적 영향력을 지녔고 남성 정치인보다 더욱
흥미로운 저널리즘의 먹잇감이었다. 특히 TV를 통해 전 세
계에 일거수일투족이 공개되던 다이애나의 경우, 파파라치
의 끊임없는 추적이 그녀를 죽음으로까지 몰아넣었다. 다이
애나와 연인 도디 파예드가 파파라치의 집단 추적을 받던
중 자동차 사고를 당해 파리에서 사망했다는 충격적인 소식
이 전 세계로 전해졌다. 죽음마저 파파라치와 스캔들로부터
자유롭지 못했지만 그녀를 잃은 대중의 슬픔은 그 모든 추
문을 잠재우고도 남았다. "타인을 보살필 줄 아는 다이애나,

더 이상 우리 곁에 없다The caring princess, no longer with us"라는
식의 신문 헤드라인은 다이애나를 통해 대중이 보려고 했던
집단적 환상을 정확하게 압축하고 있다. 고통받는 사람들을
돕는 그녀의 이미지는 단지 영국 왕세자의 아내가 아니라
대중이 갈망하는, 잃어버린 모성의 탈환이었다. 고통받는
자와 더불어 슬퍼하는 퍼스트레이디의 모델은 에비타에게
도 그대로 투영돼 있다.

　그들은 언제나 긴장감 넘치는 양극단 '사이'에서 서성이
는 존재였기에 더욱 매력적이었다. '신성화된 권력'과 '세속
적인 세계'를 잇는 교각이자, 최고 권력과 대중 사이에 가로
막힌 장벽을 무화시키는 존재였다. 마더 테레사처럼 완전한
'성聖'의 자리에 있지 않고 팝 가수 마돈나(마돈나는 에비타의 삶
을 다룬 영화에 출연하기도 했다)처럼 완전한 '속俗'의 자리에 있지
도 않은, 성과 속의 경계에서 흔들리는 존재였다는 점이 그
들의 매혹적인 '이미지'가 뿜어내는 아우라의 원천이다.

　'그들도 우리처럼' 슬퍼하고 사랑하고 아파하는 존재라는
친밀감, '나도 그들처럼' 비천한 자리에서 최고의 자리로 올
라갈 수 있을지 모른다는 상승의 열망을 동시적으로 자극하

는 존재라는 점이 바로 에비타와 다이애나의 결정적인 공통
점이다. 그들은 대중이 가장 원하는 이미지를 창출했고 대
중이 가장 슬퍼하는 방식으로 마지막을 장식함으로써 영원
히 아련한 노스탤지어의 대상으로 등극하였다.

"그녀에게는 무엇인가가 있었어요. 그것은 제가 전에 딱 한
번, 넬슨 만델라로부터 본 적이 있는 것이지요. 사람들로 하여
금 그녀랑 같이 있고 싶다는 생각이 들게 하는 일종의 아우라
같은 것이었어요." (…) 다이애나는 최근에 지뢰를 제거한 지뢰
밭을 걸어가면서 사진을 찍는 데 동의했다. 그 사진이 그 어떤
호소들보다 더 막강한 힘을 가지리라는 것을 알고 있었던 것이
다. 그 일에는 신체적 위험이 따를 수 있었다. 그녀는 그 사실을
알고 있었고 정말로 겁이 나기도 했었다. 하지만 그녀는 해냈
다. 수백만 시청자들이 텔레비전을 통해 왕세자비의 걸음을 지
켜보았다. 그리고 그것은 지뢰 문제에 대해 대중의 관심을 끄
는 데 무엇보다도 지대한 공헌을 했다.

— 앤드루 모튼, 유향란 옮김, 『다이애나: 사랑을 찾아서』,

  이너북, 2005, 295∼296쪽.

고통을 전시하는
미디어

　　　　　　　그녀들의 막강한 지위만큼 매력적
인 것은 그녀들의 고통이었다. 에비타는 끔찍한 가난을 벗
어나기 위해 유랑 극단을 전전했던 파란만장한 과거와 다사
다난한 연애사로 대중의 시선을 사로잡았다. 다이애나는 불
행한 가족사로 인해 어린 시절부터 부모의 사랑을 받지 못
했고 그 상처를 평생 안고 살아가야 했다. 그녀들의 불행은
그 자체로 대중의 연민을 자극하는 '매혹의 요소'였다. 그녀
들의 인간적 결점이 오히려 대중의 폭발적인 열광과 공감
어린 연민의 진원지가 된 것이다.

　게다가 그녀들의 최대 무기 중 하나는 기존의 정치인에게
서는 쉽게 찾아볼 수 없는 '솔직함'이었다. 그녀들은 자신의
실수를 인정하지 않고 늘 위기를 빠져나갈 궁리만 하는 기
존의 정치인과는 달랐다. 에비타 또한 자신을 창녀라고 비
난하는 일부의 공격을 피하지 않았으며 가난 때문에 몸을
팔아야 했던 과거를 인정함으로써 오히려 대중에게 더 큰
사랑을 받았다. 다이애나는 자신의 불행한 가족사, 불륜과

자해, 폭식증과 우울증까지 모두 인정했고 그 솔직함 때문
에 더더욱 대중의 공감을 얻어냈다. 특히 다이애나는 모든
것을 다 가졌지만 가장 중요한 것(남편의 사랑)을 가지지 못했
다는 사실이 대중의 연민을 자극하는 결정적인 도화선이 되
었다. 다 가졌지만 아무것도 가지지 못한 것만큼이나 '드라
마틱하게 불행'해 보였던 것이다.

  대중은 가족과 왕실로부터 아무 지원을 받지 못한 다이애
나가 이에 굴복하지 않고 두 아들에게 애정을 쏟고 자선 활
동을 통해 자신의 인생을 살아보려 한 노력을 매일 미디어
를 통해 거의 생중계처럼 알 수 있었다. 일거수일투족을 왕
실에서 허락받아야 했던 시절을 통과하자, 이제 일거수일
투족을 대중에게서 허락받아야 했던 다이애나. 친정은 물론
시댁과 남편에게도 버림받은 그녀가 기댈 곳은 오직 대중의
사랑뿐이었기에 그녀는 대중의 반응에 더욱 예민해질 수밖
에 없었다. 대중은 그녀의 감시자이자 응원자였고 구원투수
이면서도 배신의 칼날이었다. 대중의 반응은 말 그대로 그
녀의 행동에 대한 사후적 리액션이었을 뿐 그녀의 삶 자체
를 바꾸는 능동적 액션은 될 수 없었기 때문이다. 그녀는 대
중의 관심과 사랑에서 위로를 얻었지만 사랑과 선망으로 가

득 찬 대중의 시선이 언제든 잔혹한 질시와 비난의 시선으
로, '샤리바리(중세 이후의 유럽에서 공동체의 규범을 어긴 자에게 가
하던 의례적인 처벌 행위)'의 악몽으로 전환될 수 있다는 것을 잘
알지 못했다. 그녀가 기대고 있던 대중은 허공 위의 소파처
럼 불안한 언덕이었던 셈이다.

다이애나를 둘러싼 언론의 가차 없는 비방과 충격적인
과장 보도는 각종 루머 기사에 익숙한 우리 시대의 시선으
로 봐도 여전히 충격적이다. 왕세자비가 별거를 앞두고 있
을 때 「선데이 타임스」 표지에는 이런 제목이 내걸렸다. "무
심한 찰스로 인해 다이애나, 다섯 번이나 자살을 시도하다."
"결혼 생활의 파탄으로 인해 발병하다." "왕세자비 왈, 자신
은 결코 왕비가 되지 않을 것이다." 이런 기사가 나는 동안
다이애나의 평전을 준비하고 있던 기자 앤드루 모튼은 살해
협박까지 받을 정도였다.

대중은 다이애나의 아름다움에 환호하다가 그녀의 실수
에 분노하고 그녀의 고통에 연민을 느꼈다. 이 연민이야말
로 다이애나를 죽인 또 하나의 살해자가 아니었을까. 중요
한 것은 대중이 다이애나를 어떻게 생각하는지가 아니었다.

그녀는 모든 생활을 대중과 주변 인물들에게 감시당하고 조종당하는 삶을 살면서 '나의 삶'이라는 감각의 중추 자체를 잃어버렸다. '나의 힘으로 내 삶을 이끌고 내 가치를 스스로 판단하는 능력'을 상실한 것이다.

   그녀는 성년 시절 전부를 자신의 삶을 통제하는 제도 안에서 보내야 했다. 그녀의 시간표를 알아서 처리하고 그녀의 자아를 주물러대는 조신들, 그녀의 일거수일투족을 감시하는 경호원, 황당한 왜곡이나 아무 생각 없이 경솔하게 써내려간 자가당착적인 내용, 혹은 상투적인 표현으로 그녀의 인격을 정의해버리는 미디어들 틈에서 조종당하며 살았다. 대체로 미디어의 반응을 기준 삼아 다이애나는 날이면 날마다 자기 자신을 판단했다.

   ─ 앤드루 모튼, 앞의 책, 80쪽.

대중의 시선,
대중의 욕망

　　　　　　에비타는 타인이 그녀의 단점을
공격할수록 더 강해지는 타입이었다. 에비타가 제대로 된
교육을 받지 못했다는 것, 한때 살기 위해 몸을 팔아야 했다
는 것, 첩의 자식이라는 것. 이 모두가 그녀에게 불리한 조건
이었지만 그녀는 그러한 인신공격을 받을 때마다 주눅 들기
는커녕 더욱 당당해졌다.

　신문기자들은 그녀를 그냥 놔두지 않았다. 그들은 에바를 에
워싸고는 일제히 빈정거리는 질문을 던지기 시작했다. "좋아하
는 작가는 누구지요? 좋아하는 음악은? 취미는?" 에바는 빙그
레 웃었다. 그녀는 우선 자신이 교양이 없는 천연 그대로라고
고백했다. (…) "어느 작가를 좋아하느냐구요? 톨스토이요. 읽어
보았느냐구요? 아뇨, 아직. 좋아하는 음악이 뭐냐구요? 가장 짧
은 거요."

　― 알리시아 두호브네 오르띠스, 박지연 옮김, 『에비타 페론』,
　　홍익출판사, 2001, 184쪽.

에비타가 라디오 시대의 총아라면 다이애나는 TV 시대
의 상징이었다. 에비타는 페론의 연설에 날개와 울림판을
달아주는 확성기 역할을 했고, 다이애나는 찰스의 부족한
카리스마를 압도적인 패션과 우아한 미소로 보충했다. 성우
출신으로 라디오 드라마에서 주인공 역할을 했던 에비타는
'연설의 묘미'를 본능적으로 포착하는 재능이 있었다. 그녀
는 자신도 한때 하층계급의 끔찍한 고통을 경험했다는 사실
과 성우 시절 단련한 대중을 감동시키는 발성법을 능수능란
하게 활용했다. 그녀는 페론을 위해 연설했지만, 대중은 그
녀의 연설 자체에 감동했다. 그리고 마침내 그녀 또한 자신
의 연설에 스스로 매혹되었다.

"저는 일개 여자일 뿐입니다!" 이렇게 시작된 그녀의 연설은
자신의 삶에 대한 고백과 끝도 없이 이어지는 자기 정당화, 그
리고 거듭되는 '페론과 함께 미래를!'로 계속되었지만 이제 그
녀는 비로소 연설의 기능을 이해한 것 같았다. 나중에 그녀가
누구에게도 뒤지지 않는 연설가가 된 것은 그녀 자신의 끈질긴
노력 때문이기도 하지만, 그녀가 즐겨 쓰는 용어가 일상적이면
서도 열정적이라는 데서 기인했다. 망치질을 계속하는 듯한 규

칙적인 소리를 연상시키는 그녀의 연설은 마치 원시 리듬처럼 그녀의 입을 통해 정열적이면서 끈질기게 터져 나왔다. 남미의 탱고 리듬처럼, 그녀가 수도 없이 반복하는 '페론'이라는 리드미컬한 용어는 청중들에게 기이한 감동을 주었다. 그것은 민중들이 반드시 손에 쥐고 살아야 하는 무엇, 아르헨티나의 미래를 위해 민중들이 반드시 담보해야 할 그 무엇으로 여겨졌다.

— 알리시아 두호브네 오르띠스, 앞의 책, 133~134쪽.

'회개한 창녀'는 톨스토이의 소설에나 나오는 일이지 현실에서는 존재할 수 없다는 인신공격을 참아내면서, 에비타는 고통스러운 과거에 대한 보상 심리와 세상을 향한 복수심을 '대중 연설의 열광적 분위기'를 조성하는 데 이용했다. 결과는 대성공이었고, 하층계급에 대한 그녀의 관심과 하층계급의 그녀에 대한 관심은 환상의 정치적 궁합을 생산해냈다. 에비타는 수많은 실수와 스캔들로 비난받았지만 그 비난조차 그녀를 더욱 신비로운 광휘로 채색하는 의외의 결과를 낳았다.

에비타와 다이애나는 대중이 원하는, 대중이 지지하는, 대중이 예찬하는 국모로 거듭나기 위해 스스로를 창조한 사람들이었다. 그녀들의 진정한 부모는 생물학적 부모가 아니라 보이는 것, 들리는 것, 그렇게 '각인되는' 것이 중요한 미디어의 매트릭스, 대중이라는 사회적 태반이었다. 그녀들의 문화적 유전자는 부모가 아니라 대중의 입김, 대중의 시선, 대중의 욕망이었다. 그들은 본래의 자아를 버리고 대중이 원하는 자신이 되기 위해 스스로를 낳은 존재들이었다. 실제보다 상징이 더 큰 사람. 드라마틱한 삶보다 더 드라마틱했던 죽음. 실제 삶보다 미디어에 비치는 삶이 중요했고 그 '보이는 삶'이 '진짜 삶'을 거꾸로 규정했던 사람들. 전통적으로 군주들은 '만질 수 없는' 존재였다. 그러나 군주의 옆에서 손을 흔들던 아름다운 그녀들은 마치 눈앞에서 생생하게 '만질 수 있는' 존재처럼 친밀하고 사랑스러웠다. 그리고 그녀들의 안타까운 죽음은 그녀들의 '세속적 아름다움'을 '성스러운 아름다움'의 영역으로 끌어올렸다. 그들은 가족과 부모와 연인으로부터 버림받았지만 죽는 순간 대중의 사랑이라는 영원한 허상의 품에 안겼다.

4월의 화가

오딜롱
르동

오딜롱 르동

Odilon Redon

　　　　　　　　1840년, 프랑스에서 태어나 열다
섯 살에 본격적으로 미술을 배우기 시작했다. 1864년, 파리
에콜 데 보자르의 제롬의 화실에 들어갔으나 곧 그만두고,
같은 해 판화가 로돌프 브레댕을 만나 에칭과 석판화 기법
을 익힌 뒤 흑백의 석판화와 목탄화에 주력한다. 1870년, 보
불 전쟁에 참전했다가 파리로 이주하고, 신비롭고 몽환적인
세계들을 화폭에 담아낸다. 훗날 나비파 화가들과 교류하였
으며, '상징주의의 스승'으로 일컬어진다. 만년에는 파스텔
과 유채를 활용하여 풍부한 색채를 띤 작품들을 그려냈다.
판화집『꿈속에서』,『에드거 앨런 포에게 바치다』,『요한묵
시록』등을 출간하였으며, 1916년 세상을 떠났다.

오딜롱 르동,
꿈의 형상을 빛으로 그려내다

글_정여울

꿈속에서 가끔 그 어떤 형태와 빛깔로도 규정할 수 없는, 신비롭고 아름다운 이미지를 마주할 때가 있다. 꿈속의 이야기와 이미지는 일상의 논리적이고 분명한 언어들로 표현할 수 없기에, 더욱 아슴푸레한 목마름으로 마음 한구석을 떠돌다가 안타깝게도 무의식 저편으로 사라져버리고 만다. 내가 화가라면, 문득 저 깊은 내면의 꿈을 미술의 마블링 기법처럼 곧바로 통째로 '떠내듯이' 그려낼 수는 없을까, 하는 상상을 해본다. 그림을 잘 그린다면 논리적으로 표현할 수 없는 꿈속의 아름다운 이미지를 그려낼 수 있을 텐데, 언어만으로는 표현하기 힘든 어떤 불가해한 이미지와 만날 때마다 나는 화가들을 부러워한다. '내 머릿속을 그대로 데칼코마니처럼 그림으로 복제하면 좋겠다'라는 생각을 하며, 화가들의 재능을 부러워한다. 내 마

음속의 그런 상상을 현실로 이루어준 화가가 바로 오딜롱
르동이다.

　그의 그림이 내게 처음으로 말을 걸어온 것은 10여 년 전
파리의 오르세 미술관에서였다. 그토록 수많은 작품을 본
그날, 어느 하나 감탄하지 않은 작품이 없을 정도로 황홀한
날이었지만, 이상하게도 가장 오랫동안 기억에 남은 것은
처음 본 화가 오딜롱 르동이었다. 그가 그린 청록빛의 아련
한 바탕색은 고흐의 밤하늘빛만큼이나 독창적인 빛깔이었
다. 그는 그리스신화 속의 수많은 이야기들을 자기만의 독
창적인 화풍으로 그려내어 모든 신화는 저마다의 가슴속에
서 독특한 자기만의 세계를 일구고 있음을 보여준 화가다.
그가 그린 페가수스 그림은 내가 알고 있는 한 가장 아름답
고 슬픈 페가수스다. 수많은 화가들이 '무섭고 끔찍하고 원
한에 가득 찬 메두사'를 공포스럽게 묘사했지만, 르동이 그
린 메두사는 눈부시게 비상하는 천마天馬, 페가수스를 세상
에 남기고 떠나는 슬픈 여인이었다. 르동은 카라바조나 루
벤스가 그린 끔찍하고 무서운 메두사의 전형적인 이미지가
아니라, 지상과 천상을 잇는 아름다운 존재 페가수스를 낳
고 비극적으로 죽어가는 눈부신 이야기의 주인공으로 메두

사를 재창조해낸다. 꿈꾸는 페가수스의 비상을 어떻게 이토
록 아름다우면서도 구슬프게 그려낼 수 있는지, 나는 르동
이 분명 문학적인 감수성이 뛰어난 화가일 것이라고 상상해
보았다. 나는 오비디우스가 『변신 이야기』에서 그저 간단하
게 묘사해놓은 메두사의 죽음과 페가수스의 탄생이라는 장
면에서 '사라져가는 메두사'와 '태어나는 페가수스' 사이의
미묘하고도 극적인 자리바꿈, 즉 죽어가는 괴물 메두사와
새로 태어나는 축복의 존재 페가수스 사이의 감동적인 배턴
터치를 본다. 르동은 그런 내 마음을 이해해주는 것만 같았
다. 내가 꿈속에서나 간신히 털어놓을 수 있는 은밀한 신화
의 감동을 르동은 이미 오래전에 그림으로 표현해놓았던 것
이다. 마치 영혼의 멘토를 만난 듯한 감동이 내 온몸을 감쌌
다. 르동이 그린 메두사와 페가수스의 모습은 고통받은 만
큼 타인에게 복수하는 원한과 공포의 메두사가 아니라, 고
통받았음에도 불구하고 마지막 순간에 가장 아름다운 것을
토해내는 사랑의 메두사였다.

·

이 밖에도 르동이 독창적으로 재탄생시킨 신화 속의 인
물들, 그리하여 그리스신화의 전형적인 캐릭터를 넘어 오직
르동만이 그려낼 수 있는 신비와 몽환성으로 가득 찬 신화

속의 인물들은 수없이 많다. 인과관계가 분명한 현실 속의 이야기로는 결코 표현할 수 없는 다양한 신화적 캐릭터들을 자신만의 몽환적인 색채와 환상적인 이미지로 변형시켜 재창조하는 데 뛰어난 재능을 보였던 르동. 그에게 그리스신화는 더없이 잘 어울리는 주제였으며 끊임없이 솟아오르는 이야기의 샘물이었다. 르동은 무의식 깊은 곳의 꿈, 쉽게 분명한 단어로 표현할 수 없는 꿈의 모호한 영역을 그림으로 표현하는 데 눈부신 재능을 보여준 화가다. 르동을 통해 나는 언어가 표현할 수는 없지만 그림은 표현할 수 있는 영역, 단어로는 그려낼 수 없지만 색채와 윤곽선으로는 표현할 수 있는 그 무엇을 발견해낸다. 아름다운 예술 작품은 우리에게 끝없이 '우리 자신이 이미 지니고 있는 표현의 매체'를 뛰어넘도록 충동질한다. 그리하여 르동은 내게 그릴 수 없는 것을 그리라고, 묘사할 수 없는 것을 쓰라고 속삭인다. 밤새워 사전을 뒤져도 결코 나오지 않는 내 마음의 빛깔을 새로운 언어로 길어 올릴 수 있을 때까지. 아직 명징한 언어로 포착되지 않은 그 모든 무의식의 꿈까지 마침내 글로 표현할 수 있을 때까지. 나는 '글쓰기'라는 우리 모두의 가장 가까운 미디어를 통해, 그리고, 노래하고, 표현하고, 사랑할 것이다.

이 책에 사용된 그림은 오딜롱 르동의 작품입니다.

와르르
간절한 기대와 희망이 무너지는 소리

지은이   정여울

2018년 4월 13일 초판 1쇄 발행
2018년 5월 25일 초판 2쇄 발행

책임편집   홍보람
기획 · 편집   선완규 · 안혜련 · 홍보람
기획위원   이승원
디자인   형태와내용사이
타이포그래피   심우진 one@simwujin.com

펴낸이   선완규
펴낸곳   천년의상상
등록   2012년 2월 14일 제2012-000291호
주소   (03983) 서울시 마포구 동교로45길 26 101호
전화   (02) 739-9377
팩스   (02) 739-9379
이메일   imagine1000@naver.com
블로그   blog.naver.com/imagine1000

ⓒ 정여울, 2018

ISBN   979-11-85811-47-5 03810

잘못된 책은 구입처에서 바꾸어드립니다.
이 도서의 국립중앙도서관 출판예정도서목록(CIP)은 서지정보유통지원시스템 홈페이지(http://seoji.nl.go.kr)와 국가자료공동목록시스템(http://www.nl.go.kr/kolisnet)에서 이용하실 수 있습니다. (CIP제어번호 : CIP2018010143)

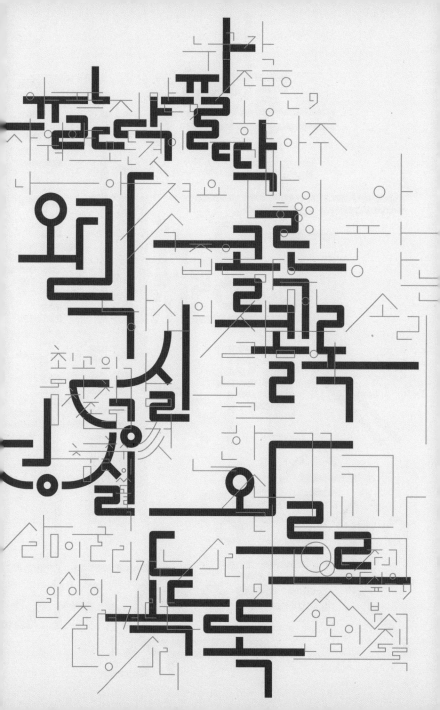

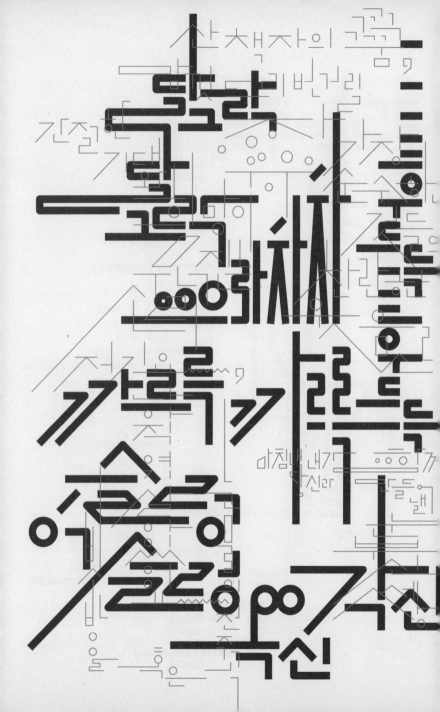